페드르와 이폴리트

# 페드르와 이폴리트
Phèdre et Hippolyte

장 라신 희곡  신정아 옮김

**PHÈDRE ET HIPPOLYTE**
**by JEAN RACINE (1677)**

이 책은 실로 꿰매어 제본하는 정통적인 사철 방식으로 만들어졌습니다.
사철 방식으로 제본된 책은 오랫동안 보관해도 손상되지 않습니다.

| | |
|---|---:|
| 서문 | 7 |
| **제1막** | 17 |
| **제2막** | 51 |
| **제3막** | 79 |
| **제4막** | 101 |
| **제5막** | 127 |
| **역자 해설** 루이 대왕의 세기, 고전주의, 라신 그리고 「페드르와 이폴리트」 | 151 |
| 장 라신 연보 | 183 |

**일러두기**
1. 번역을 위한 판본으로는 1999년 조르주 포레스티에Georges Forestier가 서문과 주를 단 갈리마르 출판사의 플레야드Pléiade판 장 라신 전집에 실린 판본을 사용하였다. 라신 사후 3백 주년을 기념하여 플레야드 시리즈에서 새롭게 내놓은 포레스티에 판본은 1677년 출간된 「페드르와 이폴리트」 초판본을 싣고 있다는 점에서 1697년 결정본을 텍스트로 삼은 레몽 피카르Raymond Picard의 기존 플레야드 판본과 결정적인 차이를 보인다.
2. 이 책의 외래어 표기는 크게 다음과 같은 기준을 따랐다.

첫째, 라신의 텍스트 본문에는 국내 프랑스 문학계에 수용된 라신의 위치를 고려함과 동시에 프랑스어식 발음으로 계산된 시어의 길이를 감안하여 대개의 인명과 지명을 프랑스식으로 표기하였다. 대신 프랑스식으로 표기된 인명과 지명에는 옮긴이주를 달아 그리스·로마식 명칭을 병기하였다. 다만 우리의 일상용어로서 관습화된 표현은 그대로 사용하였다. 아테네를 〈아텐〉이라 하지 않고 아테네로, 스파르타를 〈스파르트〉라 하지 않고 스파르타로 그대로 둔 것이 그 예이다.

둘째, 라신의 서문을 포함하여 각주에 이르기까지 무대에서 상연되는 텍스트를 제외한 나머지 부분에 등장하는 고대 그리스·라틴 문화의 인명과 지명에 대해서는 원칙적으로 피에르 그리말Pierre Grimal이 편찬한 『그리스 로마 신화 사전*Dictionnaire de la mythologie grecque et romaine*』의 한국어 번역본(최애리 외 번역, 강대진 감수, 열린책들, 2003)을 따랐다. 마지막으로 라신과 동시대의 인명들과 작품들의 표기에는 국립 국어원 어문 규정을 적용했다.

3. 번역을 위해 사용한 포레스티에 판본에 실린 원주와 옮긴이주는 구분 없이 일련번호를 부여하되, 옮긴이주는 〈2*〉와 같이 각주 번호에 *표를 덧붙여 원주와 구별되도록 하였다.

# 서문

 여기 에우리피데스에게서 주제를 따온 또 하나의 비극이 있다.[1] 극 행동을 전개하는 과정에서 다소 다른 노선을 취하기는 했지만, 그럼에도 나는 그의 작품에서 가장 뛰어나다고 여기는 것들을 모두 가져와 내 작품을 풍요롭게 하였다. 설사 내가 그에게서 가져온 것이 페드르의 성격caractère[2]뿐이라 해도, 그것만

---

 1 에우리피데스Euripides(B.C. 484?~B.C. 406?)에게서 주제를 따온 라신의 대표적인 작품으로는 1674년 발표되어 큰 성공을 거둔 「이피제니Iphigénie」를 들 수 있다. 마찬가지로 「라 테바이드La Thébaïde」와 「앙드로마크Andromaque」의 일부분도 에우리피데스의 작품에서 따온 것이다. 에우리피데스는 페드르와 이폴리트의 주제와 관련해서 두 편의 작품을 썼는데, 하나는 「베일을 쓴 히폴리토스Hippolytos Kalyptomenos」로 행방이 묘연하며, 다른 하나는 「관을 쓴 히폴리토스Hippolytos Stephanophoros」이다.
 2 여기서 〈성격〉이라는 용어는 한 개인의 변별적인 심리적 특성 전체를 가리키는 현대적인 의미가 아니라, 17세기 고대 그리스·로마의 수사학과 시학이 그 단어에 부여했던 의미로 이해해야 한다. 이 용어는 17세기에는 여전히 품행mœurs이라는 말로 칭해졌던 것으로, 코르네유Pierre Corneille의 『극시에 관한 세 편의 담론Trois Discours sur le poème dramatique』 중 첫 번째 담론이나 라브뤼예르La Bruyère의 『성격론Les Caractères』 부제인 〈혹은 이 세기의 품행에 관하여Ou les mœurs de ce siècle〉를 보면 이해하기 쉬울 것이다. 즉 성격은 인물을 규정하는 도덕적 특성 전체를 가리키는 것으로, 한 인물의 성격은 그 인물이 하게 되는 행위는 물론 그 행

으로 내가 연극 무대에 올린 것 중 연극에 가장 적합한[3] 것을 그에게 빚졌다고 말할 수 있을 것이다. 나는 이 성격이 에우리피데스 시대에 몹시 만족할 만한 성공을 거두었고, 우리 시대에도 여전히 이토록 좋은 성과를 낼 수 있음에 전혀 놀라지 않는다. 왜냐하면 이 성격이야말로 아리스토텔레스가 비극의 주인공에게 요구하는 자질들, 즉 연민과 공포를 불러일으키기에 적절한 모든 자질을 지니고 있기 때문이다. 사실상 페드르는 완전하게 유죄도, 완전하게 무죄도 아니다.[4] 그녀는 자신의 운명과 신들의 분노로 인해 부당한 정념에 빠지게 되었지만 그 누구보다 스스로 그것을 혐오스러워한다. 그녀는 그 정념을 극복하려고 모든 노

위들을 불러일으키는 감정(혹은 정념)과 일치해야만 한다. 라신이 서문에서 설명하고 있는 것처럼, 이를테면 페드르의 성격은 사랑의 정념에 빠지기 쉬운 동시에, 그 정념을 고백하지 않을 정도로 강하진 않지만(절제 혹은 현명함의 부족으로 인해), 적어도 이를 끔찍하게 여기고 죽음을 찾을 만큼의 충분한 도덕적 자질을 갖춘 성격이다. 연극 시학적 관점에서 이러한 성격은 비극에 가장 잘 어울리는 도덕적 유형이라고 할 수 있다.

3 〈적합한〉으로 번역된 용어의 원어는 〈raisonnable〉이다. 이 용어는 흔히 〈합리적인〉이란 뜻으로 사용되지만 여기서는 (연극에) 〈적절한〉, 〈알맞은〉, 〈적합한〉이라는 뜻을 지닌다. 아리스토텔레스Aristoteles에 따르면 페드르는 비극적 주인공의 가장 나은 유형을 결정하는 〈모든 자질〉을 소유한 유일한 〈성격〉이기 때문이다.

4 『시학Peri poiētikēs』 13장에서 아리스토텔레스는 어떤 조건하에서 비극이 동정과 두려움(라신이 말한 연민과 공포)을 야기할 수 있는지 설명한다. 그가 보기에 이 두 감정은 결코 정의로운 사람의 불행에서 야기될 수 없으며, 다른 이유에서 악한 사람의 불행에서 야기될 수도 없는 것이었다. 그는 말한다. 〈고로 그 사이에 위치하는 중간의 경우가 남는다. 미덕과 정의의 차원에서 탁월함에 이르지는 못하지만 그렇다고 해서 악덕이나 악의에 의한 것이 아닌 어떤 잘못으로 인해 불행에 빠지는 사람의 경우이다.〉 라신은 이전에 「앙드로마크」와 「베레니스Bérénice」 서문에서 (그때는 순전히 방어적인 관점에서) 아리스토텔레스의 이 가르침을 언급한 바 있다.

력을 다한다. 그리고 그것을 누구에게 고백하느니 차라리 죽는 편이 낫다고 여긴다. 어쩔 수 없이 그 정념을 털어놓게 되었을 때에는 혼란스러운 상태에서 그에 관해 말한다. 이는 그녀의 죄가 자기 의지의 발현이라기보다는 신들의 형벌임을 잘 보여 준다.

심지어 나는 그녀 스스로 이폴리트를 고발하기로 마음 먹는 고대인들의 비극[5]에 비해, 그녀가 덜 혐오스럽게 보이도록 신경을 썼다. 중상모략이란 것이 고귀하고 덕성스러운 감정을 지닌 공주의 입에서 흘러나오기에는 너무 비열하고 음험한 면이 있다고 판단하였기 때문이다. 이러한 비열함은 유모에게 더 적합한 것이다. 유모라면 보다 비굴한 성향을 가질 수 있고, 어쨌거나 주인의 생명과 명예를 지키기 위해서라면 그러한 무고(誣告)쯤은 감행할 수 있을 테니 말이다. 페드르는 정신이 나가서 자기가 아닌 상태였기에 마지못해 거기에 동조하였지만, 얼마 안 있어 이폴리트의 결백을 증명하고 진실을 고백할 생각으로 다시 무대에 등장한다.

에우리피데스와 세네카의 극에서 이폴리트는 실제로 계모를 범했다고 고발당한다.[6] 하지만 여기서는 단지 그럴 의도를 품었다고만 고발당한다. 나는 테제가 그로 인해 너무나 당혹감을 느낀 나머지 관객들의 눈에 덜 유쾌한 모습으로 비춰지는 것을 피할 수 있기를 바랐다.

나는 고대인들의 책을 통해 에우리피데스가 이폴리트라는 인

---

[5] 여기서 라신이 세네카Seneca(B.C. 4~A.D. 65)와 그의 「파이드라Phaedra」를 직접 거명하지 않고 있음에 주목하자. 세네카와 그의 비극은 세 번째 문단에 가서야 언급될 것이다.

[6] 〈나의 몸은 이 사람의 폭력을 당했다*Vim corpus tulit.*〉(세네카, 「파이드라」)

물을 일체의 결함도 없는 현자로 묘사했다고 비난받았다는 사실을 알게 되었다.[7] 그랬기 때문에 그의 죽음이 연민보다는 분노를 훨씬 더 많이 불러일으켰다는 것이다. 그래서 나는 이 왕자에게 어떤 약점을 부여해서 아버지에게 약간은 죄를 짓도록 해야겠다고 생각했다. 물론 페드르의 명예를 지켜 주기 위해서 그녀를 고발하는 대신 자신에게 가해지는 박해를 감수하고자 했던 이 젊은 왕자의 고결한 영혼은 전혀 건드리지 않은 채로 말이다. 여기서 약점이란 그가 어쩔 도리 없이 부친의 숙적들의 딸이자 누이인 아리시에게 품게 된 연정을 일컫는다.[8]

아리시는 내가 허구로 꾸며 낸 인물이 아니다. 베르길리우스 Vergilius는 이폴리트가 아리시와 결혼했으며, 아스클레피오스에 의해 부활한 후 그녀와의 사이에서 아들을 하나 두었다고 전한다.[9] 또한 나는 몇몇 저자들[10]의 저작에서 이폴리트가 아리시라 불리는 아테네 명문가의 아가씨와 결혼하여 이탈리아로 건너

---

7 어떤 〈고대인〉이 이폴리트의 완벽함을 비난했는지는 사실 알 수가 없다. 라신은 여기서 16세기 이탈리아의 근대파 작가인 베토리Vettori를 생각하는 듯 보인다. 라신은 이 작가의 『아리스토텔레스 시학에 관한 주해Commentaires sur la Poétique d'Aristote』(1573년판) 한 부를 가지고 있었고, 손수 거기에 주를 달아 놓은 바 있다. 아리스토텔레스가 『시학』 13장에서 정의로운 사람의 불행은 혐오감(라신은 이어지는 문장에서 이를 분노로 표현한다)만을 일으킬 수 있을 뿐이라고 평가한 부분을 주해하면서 베토리는 이폴리트를 예로 들었다.

8 사실 라신이 몇몇 작가들의 전례에 따라 고대의 작품에서 보여 줬던 야성적인 이폴리트를 사랑에 빠진 자로 변모시킨 것은 이 주제를 현대화해야 할 필요성 때문이었다. 이런 점에서 라신은 『극시에 관한 세 편의 담론』에서 〈로드리그와 쉬멘은 서로를 사랑하는 만큼 불행하다. 그들은 우리 모두가 가질 수 있는 인간적인 약점으로 인해 불행의 나락으로 떨어진다〉라고 평가했던 코르네유의 뒤를 이어 아리스토텔레스의 기준을 존중하면서도 프랑스 비극의 코드에 작품을 맞추고 있다.

9 『아이네이스Aeneis』.

갔으며, 그녀의 이름이 이탈리아의 한 소도시 이름으로 남게 되었다는 사실을 읽은 적이 있다.

이런 권위 있는 원전들을 언급하는 것은 내가 이 주제를 따르기 위해 세심하게 공을 들였기 때문이다. 나는 테제의 이야기마저도 『플루타르코스 영웅전』에 나오는 그대로 충실하게 따랐다.[11]

바로 이 역사가의 저서에서 나는 테제가 페르세포네를 유괴하기 위해 저승 세계로 내려갔다고 믿게 만든 계기가 다름 아니라 그가 에피르에서 아케롱 강의 수원지 근처까지 갔던 여행이라는 사실을 발견했다. 그곳에 있는 에피르 왕의 궁전에서 피리토위스가 왕비를 납치하려 하자 왕이 그를 처형하였고, 테제는 포로로 잡아 억류해 놓았다는 것이다.[12] 이처럼 나는 시를 극도로 풍요롭게 하는 전설의 장식들을 하나도 놓치지 않으면서 이야기의

---

10 이와 관련하여 특별히 그리스 소피스트 철학자인 필로스트라토스Philostratos가 쓴 「평면화 이미지 혹은 장면Les Images ou Tableaux de plate peinture」이라는 유명한 논설에 등장하는 〈히폴리토스의 장면〉에 대한 주를 살펴볼 필요가 있다. 라신과 동시대 작가인 프라동Jacques Pradon은 자신의 「페드르와 이폴리트」 서문에서 자기가 아리시라는 인물을 빌려 온 것이 바로 이 작품임을 고백하고 있다.

11 『플루타르코스 영웅전Ploutarchos Bioi Paralleloi』 「테세우스의 일생」 참조.

12 라신이 말하는 바(그리고 「페드르와 이폴리트」 958행에서 테제의 입을 통해 말하는 바)와 달리 『플루타르코스 영웅전』에 따르면 피리토위스가 납치하려 했던 것은 왕비가 아니라 왕의 딸이었다. 몰로스의 왕은 특이하게도 지하 세계의 강인 아케론 강이 발원하는 에피르에 거주하고 있었으며, 스스로를 저승 세계의 왕 하데스(혹은 플루토)의 또 다른 이름인 아이도네라고 불렀다. 또한 그는 자신의 부인뿐만 아니라 딸까지도 하데스의 부인과 똑같이 페르세포네라는 별칭으로 불렀으며, 자신의 개는 지승을 지키는 개인 케르베로스라고 불렀다. 동일한 이름으로 명명하는 이런 방식은 분명 테제의 신화를 합리화하고자 했던 그리스 역사학자들이 지어낸 이야기일 것이다. 왜냐하면 저승 하강 에피소드는 테제를 역사적 인물로 소개하려는 역사학자들의 뜻에 맞지 않는 것이기 때문이다.

진실임직함은 유지하기 위해 노력했다. 이 믿기 어려운 여행에 근거한 테제의 사망 소식은 페드르가 사랑을 고백하는 계기가 되는데, 그녀가 겪는 불행의 주된 원인 중 하나가 되는 이러한 고백은 남편이 살아 있다고 믿는 한 그녀가 결코 행할 수 없던 것이었다.

하지만 이 작품이 내가 쓴 비극 중 가장 나은 작품이라고 아직은 감히 단언하지 않으련다. 이 작품의 진가에 대한 판단은 독자와 시간의 몫으로 남겨 두겠다. 한 가지 단언할 수 있는 것은 내가 이보다 미덕이 더 많은 조명을 받은 작품을 결코 쓴 적이 없다는 사실이다. 이 작품에서는 아주 사소한 잘못도 엄격하게 처벌된다. 여기서는 죄가 되는 것을 생각하는 것조차 죄만큼이나 끔찍하게 여겨진다. 여기서는 사랑에서 연유한 약점이 진정한 약점으로 간주된다. 정념은 오직 그것이 야기하는 일체의 혼란을 보여 주기 위해서 눈앞에 나타난다. 그리고 악덕은 어디서든 그것을 알아보고 그것의 추함을 증오하게 하는 색채로 그려진다.[13] 대중을 위해 일하는 자라면 모름지기 가져야 할 목표가 바로 여기에 있다. 이것은 또한 최초의 비극 작가들이 다른 무엇보다 더 염두에 두었던 것이기도 하다. 그들의 연극은 철학자들의 학교 못지않게 미덕을 잘 가르치던 학교였다. 그리하여 아리스

---

13 라신은 여기서 니콜Pierre Nicole이 『연극론 *Traité de la Comédie*』에서 표명했던 주요 비판 중의 하나, 즉 연극이 악덕과 정념을 채색하고 꾸며 미화한다는 비판을 자신에게 호의적으로 돌리고 있다. 니콜에 따르면, 〈그리하여 있는 그대로 그려졌다면 혐오감만을 불러일으킬 정념이 그것을 표현하는 기가 막힌 방법으로 인해 사랑스러운 것이 되어 버리는 것이다〉. 이렇게 볼 때, 「페드르와 이폴리트」는 연극에서 하나의 악덕이 그것을 변형시키고 사랑스럽게 하는 색채가 아니라 그것의 진정한 모습을 담은 색채로 제시될 수 있음을 증명하는 예가 된다.

토텔레스는 극시의 규칙을 마련하고자 했고, 철학자 가운데 가장 지혜로운 소크라테스가 에우리피데스의 비극에 손을 대기를 마다하지 않았던 것이다.[14] 우리들의 작품도 이 고대 작가들의 작품만큼 견고하고 유용한 교훈을 가득 담을 수 있기를 바라야 하리라. 그것은 아마도 학식과 신앙심으로 명망 높은 다수의 인사들과 비극을 화해시킬 수 있는 방법이 될 것이다. 이들이 근자에 비극을 단죄한 바 있으나, 만일 비극 작가들이 관객을 즐겁게 하는 만큼 교화시키는 데에도 유념해, 이로써 비극의 진정한 목저을 따른다면, 필경 그들은 비극에 대해 보다 호의적인 평가를 내리게 될 것이다.[15]

---

14 이는 작자와 연대 미상의 그리스 텍스트로 「에우리피데스의 생애와 가계」라 명명된 짧은 글과 디오게네스 라에르티오스Diogenēs Lāertios의 『위대한 철학자들의 생애, 교리와 금언』이라는 책에 담긴 전설적인 이야기이다. 〈텔레크리드가 주장하는 바에 따르면, 소크라테스와 므네질로크가 이 작품의 공동 저자였던 것으로 전해진다. 그는 《므네질로크는 에우리피데스의 새 드라마를 요리하는 중이고, 소크라테스도 고기를 굽는 데 장작을 넣었다》고 말했다.〉

15 희곡 작품의 도덕적 자질에 대한 긴 옹호와 비극 장르의 윤리적 목적에 대한 강조는 라신과 프라동의 「페드르와 이폴리트」 이후 출간된 일종의 비평서 『페드르와 이폴리드의 비극에 대한 논고』라는 글을 통해 번지고 있던바, 「페드르와 이폴리트」가 비윤리적이라는 공격에 대한 작가의 직접적인 응수이다. 하지만 이러한 공격은 라신의 방어와 마찬가지로 〈연극의 도덕성 논쟁〉이라 불릴 만한 것과 따로 떼어 놓고서는 이해하기 어렵다.

## 등장인물

**테제**[1]  에제[2]의 아들, 아테네 왕
**페드르**[3]  테제의 부인, 미노스와 파지파에[4]의 딸
**이폴리트**[5]  테제와 아마존 여왕 앙티오페[6]의 아들
**아리시**  아테네 왕실 혈통의 공주
**외논**[7]  페드르의 유모 및 심복
**테라멘**  이폴리트의 사부
**이스멘**  아리시의 심복
**파노프**  페드르의 시녀
**호위병들**

## 무대[8]

**펠로폰네소스의 도시, 트레젠**[9]

1 • 그리스 로마 신화의 테세우스.
2 • 아이게우스, 테세우스의 아버지.
3 • 그리스 로마 신화의 파이드라.
4 • 파시파에, 파이드라의 어머니.
5 • 그리스 로마 신화의 히폴리토스.
6 • 안티오페, 히폴리토스의 어머니.
7 라신은 어디에서도 외논이라는 이름에 대해 설명하지 않는다. 장 포미에Jean Pommier는 오비디우스Ovidius의 『여류의 편지*Heroides*』에서 페드르가 이폴리트에게 보낸 편지에 바로 이어 외논이 파리스에게 보낸 편지가 나온다는 사실에 주목한 바 있다. 물론 잘생긴 트로이의 왕자에게서 버림받은 매력적인 요정 외논과 페드르의 늙은 유모 사이에는 아주 조금의 관련성도 없지만 말이다.
8 1678년 「페드르와 이폴리트」가 상연되었던 부르고뉴 극장의 무대 장치가들은 그 무대를 이렇게 기록하고 있다. 〈극장은 궁륭형의 궁전을 나타낸다. 연극의 노입무를 위한 의자 하나.〉 여기서 의자는 페드르를 위한 것이다.
9 트로이젠. 극 행동을 트레젠에 위치시키면서 라신은 에우리피데스로의 회귀를 감행하고 있다. 라신 이전의 모든 극작가들은 세네카를 본따 극 행동이 아테네에서 이루어지는 것으로 설정했었다.

# 제1막

## 제1장

이폴리트, 테라멘

**이폴리트**
결심이 섰소, 나는 출발할 거요, 테라멘,
정든 트레젠의 거처를 떠날 것이오,
극도의 불안 속에서 마음이 이리 심란한데도
무위도식하고 있는 내 꼴이 부끄러워지기 시작했소.
어언 여섯 달 동안 아버지를 못 뵈었는데
나는 모르고 있소, 그토록 소중한 분의 운명을.
나는 모르오, 그분을 숨겨 둘 만한 장소조차도.

**테라멘**
대체 어디서요, 왕자님, 어디서 그분을 찾으시렵니까?
벌써 왕자님의 지당하신 근심을 해소해 드리고자

제가 코랭트[1]가 갈라놓은 두 바다를 찾아다녔는데요.                10
해안가의 주민들에게 테제 왕에 대해 물었습니다.
아케롱 강[2]이 망자들의 세계로 사라지는 그곳에서요.
엘리드[3]를 찾아가서 조사하였고, 테나르[4]를 지나,
이카르[5]의 추락을 목격했던, 바다까지 가보았습니다.[6]
갑자기 무슨 새로운 희망이 생겨, 어떤 운 좋은 고장에서          15
그분의 흔적을 발견하리라 믿으시는 겁니까?
누가, 그 누가 알까요, 부왕께서
본인의 부재 이유가 알려지는 걸 원하기나 하시는지?
왕자님과 함께 우리가 그분의 생사 여부를 염려할 때에,
태연하게도, 새로운 연애 사건을 감추시면서                    20
이 위인께선 손에 넣게 된 연인만을 기다리고 계실지…….[7]

1* 코린트 혹은 코린토스.
2* 아케론 강.
3* 엘리스. 포세이돈의 아들 엘리스가 펠로폰네소스 서쪽에 세운 도시.
4* 타이나론 곶. 펠로폰네소스 반도 최남단에 있는 곶으로 마타판 곶이라고도 불리며, 바다의 신 포세이돈에게 바쳐진 성지가 있는 곳이다.
5* 그리스 로마 신화의 이카로스.
6 펠로폰네소스 반도와 그리스의 나머지 부분을 연결하는 코린트 지협은 이오니아 해와 에게 해를 나눈다. 테라멘의 조사가 이 두 바다와 맞닿은 그리스 해안 전체에서 이루어졌음을 강조하기 위해 라신은 우리로 하여금 그리스의 북서쪽(아케롱 강이 저승으로 사라지기 전에 지나가는 에피르 지방)에서 출발하여 남쪽의 돌출부(역시 저승으로 들어가는 입구였던 테나르의 곶)에 이르기까지 펠로폰네소스의 서부 해안(엘리드)을 쭉 타고 내려와, 에게 해의 가장 동쪽 지방(소아시아의 경계를 이루는 이카로스 해)까지 마치 큰 포물선을 그리는 듯한 주인공의 여행을 따라가게 한다.
7 테제의 연애 행각은 그가 세운 무훈만큼이나 유명했다. 테라멘의 조롱하는 듯한 암시는 여기서 테제의 행방불명이 분명 충동적인 연애 행각의 결과이며, 이번에도 주인공 테제는 연애 사건을 벌이려는 자신의 벗 피리토위스와 동행하는 데

### 이폴리트

테라멘, 그만하시오, 테제 왕을 존중하시오.
젊은 날의 잘못을 깨달은바 이제 그분은
절대 가당치 않은 장애물에 붙잡히지 않소.
그리고 그분의 사랑의 치명적인 변덕스러움을 옭아맨     25
페드르는 연적을 두려워하지 않은 지 이미 오래요.
여하튼 그분을 찾는 것으로 나의 도리를 다할 것이고,
또한 이제는 감히 볼 수가 없는 이곳을 피할 것이오.[8]

### 테라멘

아니 언제부터, 왕자님, 여기를 두려워하셨습니까,
어린 시절 그토록 소중히 여기시던 평화로운 이곳,     30
제가 알기로는 여기서 머무르는 것을
아테네와 궁정의 호사스러운 소란보다 더 좋아하셨는데?
어떤 위험, 아니 어떤 시름이 왕자님을 예서 쫓아낸답니까?

### 이폴리트

그 행복했던 시절은 이제 없소. 모든 게 변했어
신들이 이 바닷가에 보내온 후로는,     35
미노스와 파지파에의 딸[9]을.

---

기쁨을 느꼈다는 사실에 근거한다.

8 여기서 라신이 이폴리트에게 부여하는 계획은 율리시즈의 아들 텔레마코스의 여행을 상기시킨다. 텔레마코스는 자신의 아버지를 찾고, 어머니 페넬로페에게 구혼하는 자들이 벌이는 방탕한 행각에 내맡겨진 왕궁을 피하기 위해 이타카를 떠난다.

**테라멘**

그럴 테지요. 왕자님이 괴로워하시는 이유야 저도 알지요,
페드르가 여기 있어 마음 상하고, 눈에 거슬리는 것이지요.
고약한 계모인 그분은, 왕자님을 보자마자,
곧바로 추방하는 것으로 영향력을 과시했지요. 40
하지만 예전에 왕자님께 집중됐던 그분의 분노도
이제는 사라졌거나, 많이 느슨해졌습니다.
더구나 어떤 위험을 왕자님께 가할 수 있을까요,
다 죽어 가는, 아니 죽으려 애를 쓰는 여인이요?
페드르는 본인이 한사코 함구하는 어떤 병에 걸려, 45
자기 자신도, 자기를 비추는 태양도 성가셔 하는데,
왕자님께 무슨 해코지를 할 수 있겠습니까?

**이폴리트**

그 여자의 헛된 적의는 내가 두려워하는 것이 아니야.

9 제우스와 에우로페 사이에서 태어난 미노스는 크레타의 왕으로서 훌륭한 입법자의 면모를 보였기에 사후에 저승 세계를 지키는 세 명의 심판관 중 한 명이 되었다. 그의 아내인 태양의 딸 파지파에(파시파에)는 그에게 아들 안드로게오스, 딸 페드르(파이드라)와 아리안(아드리아네)를 비롯한 여러 자식들을 낳아 주었다. 포세이돈은 자기가 보냈던 흰 수소를 희생 제물로 바치는 것을 잊어버린 미노스를 벌하기 위해 파지파에가 이 수소에게 격렬한 욕정을 품게 했고 (세네카의 「파이드라」에 따르면, 이는 또한 자손을 통해 태양신에게 복수하고자 하는 베누스 여신의 의지이기도 했다) 자연의 섭리에 반한 이 둘의 결합으로부터 괴물 미노타우로스가 탄생했다. 이 유명한 시구는 프루스트Marcel Proust의 현학적인 주인공이 말한바, 〈절대적으로 아무것도 의미하지 않는 뛰어난 장점〉을 가졌기는커녕, 그 반대로 이 작품 속에서 페드르라는 인물을 특징짓는 분열을 가장 완벽하게 시적으로 형상화한 것이다.

이폴리트는 떠나면서 다른 적을 피하려는 것이오.
내가 피하는 것은, 고백컨대, 젊은 아리시, 50
역모를 꾀했던 치명적인 혈통의 생존자 말이오.

### 테라멘

아니 왕자님, 왕자님조차 그분을 박해하십니까?
결단코 저 잔인한 팔랑티드 형제들[10]의 사랑스러운 누이가
불충한 오라비들의 음모에 가담한 적이 있습니까?
그런데도 죄 없는 그분의 내력을 미워하시렵니까? 55

### 이폴리트

내가 그녀를 미워한다면, 피하지도 않을 것이오.

### 테라멘

왕자님, 왕자님이 피하시는 이유를 한번 설명해 볼까요?
왕자님은 더 이상 도도한 이폴리트가 아니신 게죠,
사랑의 율법의 확고부동한 적이자,
테제 왕이 수없이 짊어졌던 멍에에 대항했던 그분이요? 60
베뉴스[11] 여신이 그 오만에 그토록 오래 경멸당하더니,

---

10 팔랑티드 형제들은 에제(아이게우스)의 형제인 팔라스 혹은 팔랑트의 아들들이다. 오랫동안 에제의 후계자로 간주되어 왔던 팔라스와 그의 아들들은 에제가 테제를 아들로 입양했다는 소식을 듣고 아테네를 공격한다. 그들 중 몇몇이 테제를 함정에 빠트렸고, 결국 모두 제거당했다. 플루타르코스는 에제가 팔리스의 이비지인 판니온의 양아들이었다는 사실을 밝히고 있다. 라신 작품에서 이폴리트가 테제의 사망 후 아리시를 왕권의 합법적 후계자로 인정하고 있는 것은 플루타르코스의 버전을 따랐기 때문이다.

마침내 테제 왕을 정당화하려 한답니까?
그리하여 왕자님을 한낱 필부의 서열에 내려놓고,
자신의 제단에 향을 피워 올리길 강요했습니까?
사랑을 하시나요, 왕자님?

**이폴리트**

             친구여, 무슨 말을 하는 거요?    65
숨을 쉬기 시작한 순간부터 내 마음을 알고 있는 그대가,
그토록 거칠 것 없고, 기개 높은 마음이 지닌 감정을,
수치스럽게 부인하라고 요구할 수 있단 말이오?
대단치 않았소, 아마존 여인인 어머니[12]가 내게 젖과 함께
아직도 그대를 놀라게 하는 이 오만함을 빨게 하신 것은.   70
내가 좀 더 성숙한 나이에 이르렀을 때
그런 나를 알아보고는 내 자신을 칭찬했었소.
헌신적인 충심으로 내 옆에 붙어 앉아
그대는 내 아버지의 이야기를 들려주곤 했소.
그대는 알 거요, 그대의 목소리를 경청하던 내 영혼이   75
그분의 고귀한 무용담에 얼마나 달아올랐었는지를.
그대는 나에게 그려 보여 주었소, 이 불굴의 영웅이
알시드[13]의 부재로 인한 인간들의 근심을 위무해 준 것을.

---

11* 그리스 로마 신화의 베누스(아프로디테) 여신.
12 이폴리트는 아마조네스의 여왕인 앙티오페(안티오페)의 아들이다. 때로 앙티오페 자신이 이폴리트라 불리기도 한다. 그녀와 테제와의 관계에 대해서는 다양한 전설이 전해진다.
13 알시드는 헤라클레스의 첫 번째 이름이다. 사랑 때문에 옹팔 옆에 미무르게

숨이 턱까지 차오른 괴물들, 벌 받은 도적들,
프로퀴스트,[14] 세르시옹,[15] 시롱[16] 그리고 시니스,[17] 80
에피도르 거인[18]의 흩어진 뼛조각들,
그리고 미노토르[19]의 피로 김을 내뿜는 크레타 섬을.
하지만 그대가 덜 영광스러운 사실들[20]을 늘어놓을 때,
아무데서나 남발하고 도처에서 받은 사랑의 맹세,
스파르타에서 부모로부터 훔쳐 낸 엘렌, 85

된 알시드는 인간들의 땅에서 괴물들과 도적들을 소탕하는 인물이었다. 그의 임무를 이어받는 자가 바로 테제이다. 테제의 무용담에 관한 보다 상세한 사항은 오비디우스의 『변신 이야기*Métamorphoses*』나 『플루타르코스 영웅전』의 「테세우스의 일생」을 참조하라.

14* 프로크루스테스. 메가라에서 아테네로 가는 길목에서 활동하던 강도로, 길 가는 행인을 잡아 침대에 눕힌 뒤 침대보다 작으면 잡아당겨 늘이고, 침대보다 크면 발을 잘랐다고 한다.

15* 케르퀴온. 아르카디아 지방에 살던 포세이돈의 아들이자 씨름의 명수로, 사람들에게 강제로 씨름을 시켜 죽게 했다고 한다.

16* 스키론 또는 스케이론. 메가라 해안의 바위산에 살면서 지나가는 길손을 붙잡아 자신의 발을 씻게 하고는 발로 차서 절벽 밑으로 떨어뜨려 죽였다고 한다.

17* 코린트 지협에서 활동하던 강도로 〈소나무를 구부리는 자〉라는 별명으로 불렸다. 지나가는 행인을 붙잡아 미리 구부려 두었던 두 그루의 소나무에 팔다리를 묶은 다음 나무를 풀어 사지가 찢어지게 했다고도 하고, 행인에게 소나무 구부리는 일을 돕게 하고는 갑자기 손을 놓아 소나무에 튕겨 나가게 했다고도 한다.

18* 페리페테스. 에피도르(에피다우로스)에서 약탈하던 거인 강도.

19* 그리스 신화의 미노타우로스.

20 이어지는 행에 묘사되어 있는 테제의 연애 행각에 대해서는 『플루타르코스 영웅전』을 보라. 테제가 벌인 엘렌(헬레네)의 납치 사건은 라신의 전작 비극 「이피제니」에서 매우 중요한 역할을 행한다. 이 작품에 등장하는 에리퓔이라는 인물이 바로 두 사람의 비밀스러운 결합에서 나온 열매로 제시되고 있기 때문이다. 페리베(페래보이아)로 말하자면 그녀는 테제와의 연애 이후 살라민(살라미나)의 왕 텔라몬과 결혼하여 『일리아드*Iliad*』와 그 이름을 딴 소포클레스*Sophocles* 비극의 주인공인 아약스를 낳는다. 소포클레스의 비극에서 페리베는 에리베라고 불린다.

페리베가 흘린 눈물의 증인이 된 살라민 섬,
그분이 이름조차 잊으셨을 수많은 뭇 여인들,
그분의 정열에 속아 넘어간 너무도 순진한 영혼들,
그분의 부당함을 바위에 호소하고 있을 아리안,[21]
끝으로 좀 더 나은 상황에서 납치되어 온 페드르,　　　　　90
알지 않소, 이런 이야기를 마지못해 들으면서,
내가 얼마나 자주 그 부분을 줄여 달라 재촉했었는지,
얼마나 행복할까! 사람들의 기억에서 지울 수 있다면
그토록 아름다운 이야기에 합당치 않은 절반을.
한데 내가 내 차례로 사슬에 묶인 것을 보게 되리라고?　　95
신들이 그렇게까지 나를 모욕하려 했던가?
나의 비루한 탄식은 더욱 경멸당할 만한 것이오,
오랫동안 쌓아 온 명예로 테제 왕은 용서가 되지만,
오늘날까지 내 손으로 괴물 한 마리 때려잡지를 못했으니
나에겐 그분처럼 과오를 범할 권리가 없소.　　　　　　100
설령 나의 오만함이 누그러질 수 있었다 한들,
내가 굳이 아리시를 나의 정복자로 선택해야 했겠소?
나의 감각은 길을 잃고 기억조차 못 한단 말이오,
끝나지 않을 장애가 우리 둘을 갈라놓고 있다는 사실을?
아버지는 그녀를 부인하시오, 그리고 엄격한 법률로　　　105
금하고 있소. 그녀의 오라비들에게 조카가 생기는 것을.
죄의 줄기에서 새싹이 움틀까 우려하시는 게지.

21 아리안(아드리아네)의 탄식 장면은 로마의 가장 위대한 서정 비가 시인인 카툴루스Catullus와 오비디우스가 기록해 놓은 것을 그대로 가져온 것이다.

그분은 누이와 함께 그들의 이름이 영영 묻히길 바라시오,
그리고 무덤까지 그분의 감시하에 있게 될 그녀를 위해
혼례의 횃불이 밝혀지는 걸 결코 원치 않으신단 말이오.  110
내가 그녀의 권리를 옹호해야 하오? 진노한 아버님에 맞서?
내가 무엄한 만용의 본보기를 보일 것이라고?
내 젊은 혈기가 미친 열정에 휩쓸려…….

### 테라멘

아, 왕자님! 일단 왕자님의 때가 정해지고 나면,
하늘은 우리의 사정 따위는 묻지를 않습니다.  115
테제 왕께선 왕자님의 눈을 가리려다 외려 뜨게 하셨군요.
그리고 그분의 증오심은 반항하는 불길을 부채질하여,
자신의 적에게 새로운 매력을 부여하게 되었네요.
여하튼 순결한 사랑에 어찌 그리도 겁을 내십니까?
어떤 감미로움이 있다면 한번 시험해 보지 않으시럽니까?  120
왕자님은 여전히 완강한 거리낌을 믿으시는 겁니까?
에르퀼의 발자취를 따라가다 길을 잃을까 두려우세요?[22]
베뉘스 여신이 길들이지 못한 호걸이 누굴까요!
여신에 저항하는 왕자님조차, 지금 어디에 계실까요,
만일 앙티오페가 계속해서 여신의 법칙에 맞서며  125
수줍은 열정을 테제를 향해 불태우지 않았다면요?[23]

22 헤라클레스는 스스로 리디아의 여왕 옹팔의 노예가 되어 여인의 옷을 입고 그녀의 발치에서 양털을 잣는 것을 수락하였다.
23 이와 관련하여 가브리엘 질베르Gabriel Gilbert의 비극 「이폴리트」에서 다음과 같은 장면을 읽을 수 있다. 〈말해 보세요, 왕자님이 이 세상에 살아 있을 수

아니 도도한 말로 가장하는 게 무슨 소용이 있습니까?
고백을 하세요, 모든 게 변할 테니. 하긴 며칠 전부터
왕자님을 자주 뵐 수 없더군요, 거만하고, 거칠게,
해안가로 날아갈 듯 전차를 몰고 가거나,                        130
넵튄이 고안한 기술[24]을 능수능란하게 구사하면서,
야생의 준마에 재갈을 물려 길들이는 것을.
숲에서 우리의 함성이 울려 퍼지는 것도 뜸해졌고요.
비밀스러운 사랑의 불 탓에 왕자님의 눈이 무거워졌어요.
틀림없어요, 왕자님은 사랑하십니다, 불타오르는 거예요.   135
왕자님은 숨기려 하시는 병으로 죽어 가고 있어요.
매력적인 아리시가 왕자님 마음에 들었습니까?

**이폴리트**

테라멘, 나는 떠날 거요, 가서 아버님을 찾겠소.

**테라멘**

떠나시기 전에 페드르를 보지 않으시렵니까,
왕자님?

---

있었을까요?/ 왕자님이 머리에 월계관을 쓸 수 있었을까요?/ 만일 아름다운 앙티오페가 결혼의 예식을 피했었다면?/ 왕자님은 그분을 경외하면서 그분을 따르시지는 않으십니까?〉

24 넵튄(포세이돈, 넵투누스)은 바다와 강의 신으로 말의 창조주요(그는 말을 대지로부터 솟아나게 했다), 승마술의 발명가이다. 따라서 〈말들의 주인〉이라는 별명으로 불리기도 한다.

**이폴리트**

그럴 생각이었소, 가서 아뢰어 주오.   140
그분을 보러 갑시다, 그것이 도리를 따르는 일일 테니까.
한데 또 무슨 안 좋은 일로 외논이 저리 당황한 것이오?


# 제2장

이폴리트, 외논, 테라멘

**외논**

아이고, 왕자님! 어떤 근심을 저의 근심에 견주오리까?
왕비 마마가 거의 운명을 달리하실 듯합니다.
밤이고 낮이고 제가 지성으로 보살핀 보람도 없이,   145
제 품에서 죽어 가십니다. 소인에게 숨기시는 병으로.[25]
끝없는 혼란이 그분의 정신을 짓누르고 있어요.
근심스러운 시름 때문에 자리에 누워 계시지도 못합니다.
햇빛을 보고 싶어 하시고는, 깊은 괴로움으로
소인에게 사람들을 모두 물리치라 명하십니다.   150
저기 오십니다.

---

25 세네카의 「파이드라」 중 두 행을 옮긴 것이다. 〈상심하여, 그녀는 자기의 비밀을 숨기고, 그로 인해 죽어 가고 있는 병을 함께 가져가기로 결심했다.〉(「파이드라」, 860~861행)

**이폴리트**

됐다, 내가 여기서 나갈 것이다,

그분께 혐오스러운 얼굴을 보이지 않으마.

# 제3장

페드르, 외논

**페드르**

더 멀리 가지 말자. 예서 멈추자, 외논.

서 있을 수가 없구나. 기운이 다 빠져나간다.[26]

다시 보는 햇빛에 눈이 부시고,[27]

무릎이 떨려 몸을 지탱할 수가 없어.

아아!

(앉는다.)

**외논**

전능하신 신들이여! 우리의 눈물을 보아 진정하소서.

---

26 페드르가 무대에 등장하는 장면은 에우리피데스의 「히폴리토스Hippolytos」에서 영감을 얻은 것이다. 〈내 몸을 부축하여라. 고개를 올려다오. 사지가 꺾여 더 이상 힘이 없구나. 아 나의 친구들이여.〉 또한 〈기운이 다 빠져나간다〉라는 알렉상드랭alexandrin 시구의 반구(半句)는 라신의 전작 「베레니스」에 나왔던 반구 〈기운이 빠져나가고, (휴식이 나를 죽인다)〉를 다시 취한 것이다.

27 라신은 여기서 세네카의 「파이드라」 중 지옥에서 돌아온 테제가 했던 말을 페드르의 대사로 옮겨 왔다. 〈내 눈은 그토록 바라던 빛을 견딜 수가 없구나.〉

**페드로**

이 헛된 장신구들과, 이 베일들이 나를 짓누른다![28]
대체 어느 성가신 손이, 이 매듭들을 다 땋아서,
이마 위에 머리카락들을 가지런히 정리해 놓았느냐?[29]   160
모든 게 날 괴롭히고, 날 해치고, 날 해하려 음모를 꾸미누나.

**외논**

어쩜 저분의 소원들은 하나같이 앞뒤가 맞지 않을까!
마마께서 몸소 본인의 부당한 계획을 책망하시며,
좀 전에 마마를 치장하라고 우리의 손을 재촉하셨잖아요.
마마께서 몸소 원기를 되찾고자 하시면서   165
모습을 드러내고 빛을 다시 보기를 원하셨잖아요.
지금 빛을 보고 계신데, 마마, 이리 몸을 숨길 채비를 하시니,
마마께서 찾아 나오셨던 해가 싫으신 겝니까?[30]

---

28 이 부분도 「베레니스」에 등장하는 시구와 비교가 가능하다. 〈아, 이 헛된 장식들이 내게 무슨 소용이 있느냐?〉(973행) 하지만 서로 다른 맥락에서 사용되었으므로, 그것이 작품 속에서 의미하는 바 역시 전적으로 다르다.

29 에우리피데스의 「히폴리토스」에 나오는 구절을 옮겨 놓은 것이다. 〈머리 위의 베일이 나를 짓누른다, 이것을 벗겨라. 묶인 머리를 풀어서 어깨 위로 흘러내리게 해다오.〉

30 이 구절 역시 에우리피데스의 「히폴리토스」에 등장하는 시구를 각색한 것이다. 〈저기 빛나는 햇빛이 있습니다. 저기 순수한 공기가 있습니다. (……) 마마께서는 침실로 서둘러 드시려는 것입니까?〉 그런데 마지막 행의 축약된 형태는 이미 라신의 전작 「이피제니」 491행에 영감을 준 바 있었던 「아이네이스」의 시구를 떠올리게 한다. 〈그녀(디도)는 하늘에서 빛을 찾았고, 그것을 발견하자 신음했다.〉

**페드르**

통탄할 만한 가문의 고귀하고 찬란한 조상,
그대, 내 어머니가 그대의 딸임을 감히 자랑스러워했건만,   170
필경 내가 처해 있는 혼란을 보고는 얼굴을 붉힐,
태양이여, 나는 그대를 마지막으로 보러 왔노라.[31]

**외논**

예? 마마께선 그 몹쓸 생각을 버리지 않으시렵니까?
저더러 보라고요? 끊임없이 목숨을 포기하려 하시면서
침통하게도 마마가 죽음을 준비하는 것을요?   175

**페드르**

신들이여! 왜 나는 숲 속의 그늘에 앉아 있지 못하나!
언제나 볼 수 있으려나, 고귀한 먼지 너머로
전차가 경기장에서 아련히 멀어져 가는 것을?[32]

---

31 소포클레스의 「오이디푸스 왕Oedipus Tyrannus」의 유명한 구절을 각색한 것이다. 〈아, 태양이여, 오늘 마지막으로 내 눈길을 그대에게로 향하노니.〉

32 이것은 다음과 같은 에우리피데스의 구절, 즉 〈내가 언제 포플러 나무 아래 그늘진 풀밭에 앉아 쉴 수 있으려나. (……) 오 아르테미스여, (……) 어찌하여 나는 베네티족 말들을 길들이면서 그대의 평원에 있지 못하는 걸까?〉를 각색한 것으로, 오비디우스의 다음과 같은 구절과 멋지게 결합되었다. 〈종종 그녀는 민첩한 말의 입에 물린 재갈을 당기면서, 먼지를 일으키며 가벼운 전차들을 몰고 가는 것을 보기를 좋아했습니다.〉(『여류의 편지』 4권, 「파이드라가 히폴리토스에게 보낸 편지」)

**외논**

예? 마마?

**페드르**

미쳤구나, 내가 어디 있나? 내가 무슨 말을 했지?
나는 어디에다 헤매게 두었나,³³ 나의 맹세와 나의 정신을?
내가 정신을 잃었구나. 신들이 내게서 그것을 앗아 갔어.
외논, 얼굴이 붉게 달아오른다,
네게 수치스러운 고통을 너무 많이 내보이는구나,
나도 모르게 두 눈에 눈물이 가득 고인다.³⁴

**외논**

아! 낯을 붉히시려거든, 침묵하는 걸 부끄러워하세요,
마마의 고통을 더 심하게 만드는 그 침묵 말예요.
갖은 보살핌을 마다하시고, 어떤 말씀에도 귀를 닫은 채,
마마께서는 그리 무정하게 목숨을 버리려 하십니까?
어떤 광폭함이 마마의 생을 중간에서 가로막나요?
어떤 마법,³⁵ 어떤 독약이 생명의 원천을 마르게 했답니까?
어둠이 세 번이나 하늘을 검게 가리도록,

---

33 포레스티에 판본에는 이 부분이 17세기 이래로 출간된 모든 판본들처럼 현대화된 철자로 쓰인 버전, 즉 ⟨Où laissé-je égarer⟩로 쓰여 있다. 하지만 편집자 포레스티에는 라신이 쓴 원본에는 이 부분이 ⟨Où laissay-je égarer⟩로 되어 있으며, 현재나 과거, 둘 다로 해석할 수 있다고 지적한다.

34 에우리피데스의 각색. ⟨불행한 것, 대체 무엇을 한 거야? 어디에다 정신을 놓아두고 온 거지? (……) 눈에서 눈물이 쏟아지고, 수치스러움이 내 시선을 동요케 하는구나.⟩

마마의 눈은 수면에 들지 못했고,
낮이 세 번이나 어두운 밤을 몰아내도록,
마마의 몸은 식음을 전폐하여 초췌해지고 있습니다.[36]
대체 무슨 끔찍한 시도를 하시려는 겁니까?    195
무슨 권리로 마마 자신을 해하려는 건가요?
마마는 생명을 주신 신들을 모욕하고 있어요.[37]
마마는 서약으로 맺어진 배필을 배신하고,
끝으로 가련한 자제분들을 배신하는 겁니다,
그분들을 엄격한 속박의 굴레 아래로 밀어넣으시니까요.    200
부디 생각하세요, 그분들에게서 어머니를 앗아 가는 그날이,
이방 여인의 아들에게 희망을 돌려주는 날이라는 것을,
마마의 적이자, 마마의 살붙이들의 오만한 적,
아마존 여인이 배 속에 잉태했던 그 아들,
이폴리트……

**페드르**

아, 맙소사!

**외논**

이 책망에는 맘이 흔들리시네요.    205

---

35 원어는 〈매력〉을 뜻하는 〈*charme*〉인데, 여기서는 〈마력〉, 〈마법〉, 〈저주〉 등의 의미로 사용되었다.

36 〈그분이 음식을 들지 않은 지 3일째입니다.〉(에우리피데스, 「히폴리토스」, 275행)

37 주9 참조.

### 페드르

불쌍한 것, 네 입에서 누구의 이름이 나온 것이냐?

### 외논

그렇지요, 그리 분노하시는 게 당연지사이지요.
마마께서 이 끔찍한 이름에 몸서리치는 걸 보니 좋네요.
그러니 사세요. 사랑이, 의무가 의지를 북돋울 겁니다.
사세요, 참지 마세요. 스키티아 여인의 아들[38]이,  210
마마의 자제분들을 가증스러운 권위로 억누르면서,
그리스와, 신들의 가장 존귀한 혈통에게 명령하는 것을.[39]
자, 미루지 마세요, 매 순간이 마마를 죽어 가게 합니다.
어서 서둘러 쇠약해진 기력을 회복하세요,
다 타버려 꺼지기 직전인 마마의 생명에  215
불꽃이 아직 남아, 다시 타오를 수 있을 때.

---

38 즉, 〈아마존 여인의 아들〉이란 의미이다. 아마조네스들은 스키티아(스키타이) 지방 출신이라고 여겨졌다.

39 199~212행도 역시 에우리피데스에서 영감을 받은 것이다. 〈유모: 하나 이것만은 알아 두세요. (바다의 파도 소리보다도 내 소원에 더 귀를 기울이지 않으면서) 만약 마마가 숨을 거둔다면, 그것은 곧 아버지의 유산을 박탈당하게 될 마마의 자제들을 배반하는 것이라는 사실을요. 합법적인 아들이라는 오만함으로 가득 차서 마마의 자제분들을 지배하려 하는 그 사생아를 낳은 이 여전사 왕비, 아마존 여인의 이름을 걸고 제가 맹세하리다. (그 아들이 누구인지는 아시죠?) 이폴리트 말입니다. 파이드라: 아! 유모: 이 말에는 좀 흔들리시나요? 파이드라: 유모는 나를 죽게 했어, 유모, 신의 이름으로 간청하는데, 다시는 그이에 대해 말하지 마. 유모: 저런, 이제야 지혜롭게 반응을 하시네요. 그런데도 아이들을 보호하고 생명을 보존하기를 거부하신단 말이에요?〉

**페드르**

나는 죄 많은 목숨을 너무 오래 연장해 왔어.

**외논**

예? 대체 어떤 회한으로 그리 괴로워하십니까?
무슨 죄를 지어 그토록 절박한 불안을 느끼시나요?
마마의 손에 무고한 피를 묻힌 적도 없으시잖아요? 220

**페드르**

하늘이 도와서, 내 손은 죄를 짓지 않았어.
내 마음이 내 손처럼 결백하다면 좋으련만![40]

**외논**

한데 무슨 끔찍한 계획을 품으셨기에,
마마의 마음이 아직까지 그렇게 겁에 질려 있나요?

**페드르**

나는 네게 충분히 얘기했다. 나머지는 면하게 해다오. 225
나는 죽는다, 너무도 처참한 고백을 하지 않으려고.

**외논**

그럼 목숨을 버리세요, 그리고 비정한 침묵을 고수하세요.

---

40 역시 에우리피데스 작품을 각색한 것이다. 〈유모: 아, 마마, 마마의 손은 피로 물들지 않았지요. 파이드라: 내 손은 순전 무결하나, 내 영혼에는 오점이 있다.〉

하나 마마의 눈을 감겨 드릴 손은 다른 데서 찾으세요.
마마에게 간신히 미약한 생명의 빛이 남아 있다 해도,
제 영혼이 먼저 망자들의 세계로 내려갈 테니까요. 230
언제든 그곳에 이르는 길은 수천 가지로 열려 있고,
마땅한 저의 괴로움은 제일 짧은 길을 택할 것이니까요.
무정한 분, 언제고 제 성심이 마마를 실망시킨 적 있나요?
마마가 태어날 때 제 팔로 받은 것을 기억하세요?
고향도, 자식새끼들도, 마마를 위해 모두 떠나왔어요. 235
저의 충신에 고작 이린 대가를 마련해 누셨나요?

### 페드르

그리 심하게 굴어서 무엇을 얻기 바라느냐?[41]
내가 침묵을 깨면 너는 공포로 떨게 될 터인데.

### 외논

그래 무슨 말씀을 하시든 간에, 그것이, 맙소사!
마마가 눈앞에서 숨을 거두는 걸 보는 공포만 하겠습니까? 240

---

41 외논의 긴 독백 이후, 라신은 다시 에우리피데스를 따라가는데 비단 내용 면에서 아이디어의 세세한 부분을 도입하는 것뿐만 아니라, 형식적 측면에서 *그가 채택한 표현 양식, 즉 격행 대화stichomythie*를 사용하는 것까지 그러하다. 하지만 앞선 작품 「브리타니퀴스Britannicus」 제3막 제8장과 마찬가지로, 여기에서도 프랑스 시인 라신은 1행씩 번갈아 대사를 배치하는 정통적인 방식 대신, 2행으로 구성된 일련의 시구(때로는 3행이거나 반대로 반행씩)를 교대함으로써 격행 대화 기법을 부드럽게 만들고 있다.

**페드르**

네가 내 죄를 알고, 나를 짓누르는 운명을 알게 되어도,
내가 죽는 건 변치 않아, 외려 더 큰 죄인으로 죽게 될 거야.

**외논**

마마, 제가 마마를 위해 흘린 눈물을 봐서라도,
제가 꽉 붙들고 있는 마마의 허약한 다리를 봐서라도,
제발 제 마음이 이 불길한 의혹에서 벗어나게 해주세요.[42]   245

**페드르**

네가 원한 것이다. 일어서라.

**외논**

  말씀하세요. 듣겠습니다.

**페드르**

하늘이여! 무슨 말을 한단 말인가! 어디부터 시작해야 하지?

**외논**

괜한 겁을 주어 저를 괴롭히지 마시고요.

---

42 라신은 여기서 에우리피데스가 상상한 대화에 나타나는 움직임을 거꾸로 뒤집어 놓고 있다. 즉, 에우리피데스의 비극에서 유모는 먼저 간청하는 자의 태도를 취하는 것으로 시작한다. 말하자면, 무릎을 껴안고, 손을 잡는 것이 그것이다.

### 페드르

오, 베뉘스의 증오여! 오, 치명적인 분노여!
사랑이 내 어머니를 어떤 방탕함 속으로 내던졌던가!   250

### 외논

그 일들은 잊어버리세요, 마마. 앞으로도 영영
영원한 침묵으로 그 기억을 덮어 버리자고요.

### 페드르

아리안, 내 언니! 어떤 사랑에 상처 입고,
언니는 해안가에서 버려진 채 죽어 갔던가!

### 외논

뭐하시는 겝니까, 마마? 대체 무슨 깊은 근심으로,   255
오늘 마마의 혈육 모두를 그리도 원망하십니까?

### 페드르

베뉘스가 그것을 원하니, 이 가엾은 혈통 가운데
내가 마지막으로, 가장 불쌍하게 죽으리라.[43]

---

[43] 페드르 이전에 사랑이 이끈 치명적 결과의 희생양이 되었던 페드르의 엄마와 언니에 대해 지속적으로 환기하는 것은 에우리피데스에게서 나온 것이다. 〈오, 불행한 어머니, 어머니의 사랑은 대체 어떤 것이었나요! (……) 그리고, 또, 나의 가엾은 언니, 디오니소스의 배우자여! (……) 그리고 세 번째로 나, 나는 얼마나 불쌍하게 죽어 가는가!〉(「히폴리토스」, 337~341행) 다만 라신은 이 마지막 행을 소포클레스의 「안티고네Antigone」에 등장하는 유명한 시구와 섞는 것을 택했다. 즉 〈나는 마지막으로, 그리고 많은 이들 중 가장 불쌍하게 죽는다〉는 것이 그것이다.

## 외논

사랑하세요?

## 페드르

## 사랑의 모든 광증을 다 가지고 있다.

아리안으로 말하자면, 에우리피데스는 분명 호메로스Homeros에 의해 전해진 이 이야기의 판본을 암시하고 있는 듯하다(『오디세이아*Odysseia*』, 11장, 321~325행). 이야기인즉슨 디오니소스의 사랑을 배신하고 테제에 의해 유혹당하는 것을 선택한 아리안은 테제와 함께 아테네로 가는 길에 디아 섬(혹은 낙소스 섬)에서 디오니소스의 부탁을 받은 아르테미스가 쏜 화살에 맞아 죽임을 당한다. 라신은 자신의 작품에서 이 전설과는 다른 판본을 환기시키고 있는데, 그것은 로마 시대에 오비디우스에 의해 대중적으로 잘 알려진 것으로, 바람둥이 테제가 아리안을 낙소스 섬에 버려 두었다는 것이다. 이 판본에서 여주인공 아리안은 테제에게 버려진 후 자살을 감행했던 것으로 보인다. (이밖에도 아리안의 이야기와 관련해 또 다른 판본들이 『플루타르코스 영웅전』에서 이야기되고 있다.) 좀 더 부연 설명하자면, 라신의 관객들은 아마 모두들 5년 전 상연되어 대성공을 거둔 토마 코르네유 Thomas Corneille의 「아리안Ariane」(1672)을 보았을 터이므로, 다름 아닌 페드르가 직접 테제로 하여금 자신의 언니 아리안을 버리게 했다는 생각을 하고 있을 것이 분명했다. (물론 고대의 신화에서 테제와 아리안의 사랑, 테제와 페드르의 사랑은 서로 완전히 무관한 에피소드를 구성하고 있다.) 토마 코르네유의 비극 「아리안」에는 테제와 함께 낙소스를 떠나기 전날 페드르가 자신 역시 언니처럼 어느 날 테제의 애정 행각의 희생자가 되지 않을까 걱정하며 이렇게 말하는 장면이 나온다. 〈그때는 누가 나의 근심을 위무해 줄 것인가?/ 배신당한 아리안의 화려한 예를 따라.〉(「아리안」, 제4막 제5장) 또한 1675년 「아리안」의 후속편으로 등장한 비다르Mathieu Bidar의 「이폴리트」에서는 페드르가 언니를 유기한 것 때문에 벌을 받는다는 사실을 인지하고 있는 것으로 나온다. 〈나는 어디 있는가, 그리고 사랑이여, 내가 무엇을 했기에 이토록 고통받는 것인가? 아니 어찌 나의 고통의 이유를 찾으려 하는가?/ 이 굴레를 준비한 것은 나 자신인 것을. / 그래, 나는 언니를 배신했지, 아, 불행한 순간이여, / 언니를 속이고, 언니를 버려 두고, 애인을 가로챘지. / 언니의 행복이었고, 언니가 사랑했던 애인을, / 그러니 나를 짓누르는 이 고통을 받을 만하지 않은가? / 잔인한 사랑이여, 너는 이제 만족하였구나.〉(「이폴리트」, 제1막 제3장)

**외논**

누구를?

**페드르**

너는 혐오스러움의 극치를 듣게 될 것이다.   260
나는 사랑한다…… 그 치명적 이름에 몸이 떨리고 전율한다.
나는 사랑한다…….

**외논**

누구를요?

**페드르**

너도 알지, 아마존 여인의 아들,
그토록 오랫동안 내가 몸소 박해했던 그 왕자 말이다.

**외논**

이폴리트요? 하느님 맙소사!

**페드르**

그 이름을 댄 것은 너다.[44]

---

44 오직 말해지는 것만으로 죄의식을 갖게 되는 이름, 즉 이폴리트의 이름을 입 밖에 내기를 페드르가 거부하는 것은 이미 에우리피데스의 작품에서 나타난다. 〈파이드라: 그 이름이 무엇이든 간에, 아마존 여인의 아들……. 유모: 이폴리트를 말씀하시는 겁니까? 파이드라: 네가 그것을 알게 된 건 내 입이 아니라 네 입을 통해서이다.〉 하지만 여기서 〈그 이름을 댄 것은 너다〉라는 반행 시구는 가브리엘 질

**외논**

하늘이시여! 혈관 속의 피가 모두 얼어붙는구나.[45]   265

오, 절망이여! 오, 범죄여! 오, 비통한 가문이여!

불운한 여행이여! 불행한 해안이여,

위험한 너의 기슭에 접근했어야만 했던가?

**페드르**

나의 병은 오래 전부터 시작되었다. 에제의 아들과,

혼례의 율법으로 연결된 지 얼마 안 되어,   270

나의 평안과 행복이 굳건해지는가 싶었는데,

아테네가 나에게 나의 오만한 적을 보여 주더구나.

나는 그를 봤고, 그 모습에 얼굴이 빨개졌고, 창백해졌다.

넋이 나간 내 영혼에 혼란이 일었다.

내 눈은 더 이상 보지를 못했고, 말을 할 수도 없었어,   275

내 온몸이 얼어붙고, 불타오르는 걸 느꼈지.[46]

베르의 「이폴리트」에서 직접 차용한 것이다. 〈아크리즈: 이폴리트! 페드르: 나를 비난하지 마라. 그 이름을 댄 것은 너다.〉

45 로트루Jean Rotrou의 「안티고네」에서 다음의 시구를 읽을 수 있다. 〈내 모든 피가 두려움으로 혈관 속에서 얼어붙는구나.〉(제2막 제4장) 하지만 혈관 속에서 얼어붙은 피, 혹은 얼어붙는 피는 당대의 연극에서는 흔히 사용되는 형식이었기에 여기서 둘 사이의 영향 관계를 논의하기는 어렵다.

46 여기까지에 이르는 페드르의 대사 8행은 라신이 에우리피데스의 「히폴리토스」 서막 중 한 문단(즉, 아프로디테 여신이 어떻게 페드르가 이폴리트를 보자마자 사랑에 빠지게 했는지 설명하는 부분)과 여류 시인 사포Sapphō가 쓴 가장 유명한 오드, 즉 사랑의 충격에 의해 야기되는 육체적 동요를 묘사한 부분의 단편을 연결한 것이다. 사포의 이 단편은 고대와 르네상스 시인들에 의해 종종 모방되었는데 유사 롱기누스Kassios Longinus의 『숭고론Peri hypsūs』에 인용되어 있다.

나는 베뉘스를 알아보았다, 그리고 두려운 불길을,

여신이 쫓고 있는 가문의 피할 수 없는 고통을.[47]

끈질긴 기도로 그것을 비껴갈 수 있으리라 믿었어,

여신에게 신전을 지어 바치고, 장식하는 데 공을 들였지.   280

나 자신이 매시간 희생 제물에 둘러싸여,

그것들의 배 속에서 길 잃은 이성을 찾고 또 찾았다.[48]

치유할 수 없는 사랑에 대한 무력한 처방들이여![49]

손수 제단에 향을 피워 올렸어도 소용없었어.

『숭고론』은 알다시피 부알로Nicolas Boileau에 의해 1674년 프랑스어로 번역된 바 있다. 여기서 「페드르와 이폴리트」 273~276행을 구성하는 4행 시절의 경우 라신이 적수로 삼고자 했던 것은 부알로의 4행 시절 두 개인 것으로 보인다. 〈나는 너를 보자마자 곧 날카로운 불꽃이 / 핏줄에서 핏줄을 타고 내 온몸을 넘나드는 것을 느낀다. / 내 영혼이 길을 잃은 이 부드러운 홍분 속에서 / 나는 말도 목소리도 찾을 수 없었다. // 어렴풋한 구름이 내 시야를 가렸고 / 나는 더 이상 들을 수 없었다. / 나는 부드러운 무기력에 쓰러졌다. / 숨도 쉬지 못하고 창백하게, 혼절한 상태로 / 전율이 온몸을 휘감았고, 나는 소스라치고, 죽어 갔다.〉(『숭고론』, 8장)

47 세네카의 『파이드라』 각색 부분. 〈나는 불행한 어머니의 치명적인 병을 알아보았다.〉(『파이드라』, 113행) 페드르의 엄마 파지파에가 가졌던 사랑의 광증과 그 치명적 결과에 대해서는 앞의 주9를 참조하라. 세네카의 주인공이 이어서 설명하고 있는 것처럼 베뉘스가 증오로 쫓고 있는 것은 태양의 후손 전체(페드르는 태양의 딸인 파지파에를 어머니로 두고 있다)이다. 베뉘스가 태양신을 증오하는 이유는 전쟁의 신 마르스와 베뉘스의 간통을 발견하고 이를 베뉘스의 남편인 헤파이스토스와 다른 신들에게 폭로한 것이 바로 태양신이기 때문이다.

48* 희생 제물의 배를 갈라 내장 모양으로 점을 치던 고대의 의식을 암시한다.

49 라신은 여기서 다시 에우리피데스의 「히폴리토스」 서문에 등장하는 아프로디테의 이야기로 돌아온다. 페드르가 아프로디테에게 신전을 지어 바쳤다는 사실 말이다. 하지만 라신은 이번에는 이 이야기를 「아이네이스」의 각색과 결합한다. (디도는) 제물을 바치는 것으로 하루의 제의를 다시 시작하고, 바쳐진 짐승들의 벌어진 배 속에 몸을 기댄 채 꿀딱거리는 그것들의 내장을 세심하게 관찰하였다. 아아! 예언가들의 무지한 정신이여! 서약이, 신전이 대체 무엇으로 사랑의 열병에 감염된 여인을 도울 수 있다는 말인가?〉

입으로는 여신의 이름을 부르며 간청하면서, 285
나는 이폴리트를 경배했었어, 줄곧 그를 떠올리며,
심지어 향을 피워 올린 제단 아래 엎드려서도,
감히 이름을 부르지 못한, 그 신에게 모든 걸 바쳤던 거야.[50]
나는 어디서든 그를 피했어. 오, 불행의 절정이여!
내 눈은 그 부친의 모습에서 그를 다시 보고는 했으니. 290
마침내 나는 내 자신에게 반항하기로 했다.
용기를 내어 그를 박해하기로 한 거야.
내가 숭배해 마지않았던 적을 내쫓기 위해,
나는 부당한 계모가 부리는 신경질을 가장했지,
나는 그를 추방하라고 졸라 댔고, 끊임없는 잔소리로 295
그를 아버지의 가슴과 품에서 떼어 놓을 수 있었어.
그제야 숨을 쉬겠더구나, 외논. 그가 사라진 순간부터
조금 진정된 나의 날들은 결백하게 흘러갔어.
남편에게 순종하고, 번뇌를 감춘 채,
비운의 혼례에서 낳은 열매들을 키우고 있었지. 300
부질없는 대비책들이여! 잔인한 운명이여!
다름 아닌 바로 남편에게 이끌려 트레젠으로 와서
나는 내가 멀리 보냈던 적을 다시 보고 말았지.
너무 생생한 나의 상처에서는 곧 피가 흘렀어.
그것은 이제 내 혈관 속에 감춰진 열정이 아니야.[51] 305

50 이전의 4행, 특히 이 마지막 288행은 에우리피데스의 「히폴리토스」 서문 32~33행으로 설명된다. 〈하지만 그녀가 여신에게 바쳐진 이 신전에서 남은 시간 동안 불렀던 이름은 히폴리토스였다.〉

그건 먹이에 찰싹 달라붙은 베뉘스 그 자체야.[52]
나는 나의 죄에 대해 마땅한 공포심을 가졌어.
나는 삶을 증오했고, 나의 불꽃을 끔찍하게 여겼지.
나는 죽음으로써 나의 명예를 건사하고,
이토록 부정한 불꽃을 일광에게 은닉하려 했었어.               310
하나 너의 눈물과, 끈질긴 투쟁을 견뎌 낼 수가 없었다.
모든 것을 다 고백했구나, 후회하지는 않는다,
머지않아 다가올 나의 죽음을 존중하면서
네가 부당한 책망으로 나를 괴롭히지 않는다면,
그리고 헛된 구원의 손길로 되살리기를 멈춘다면,             315
이미 사그라질 준비가 된 남은 온기를 말이다.


# 제4장

페드르, 외논, 파노프

**파노프**

차마 아뢰기 어려운 비보이기에 숨기고 싶습니다,
마마. 하지만 알려 드려야만 하겠지요.
죽음이 불굴의 용사인 마마의 부군을 앗아 갔습니다,

---

51 이 두 행은 『아이네이스』 4권에 등장하는 다음과 같은 시구를 발전시키고 있다. 〈그녀는 혈관에 흐르는 피로 상처를 살찌웠고, 은밀한 불길로 쇠잔해 갔다.〉
52 호라티우스Horatius의 시구에 대한 반향이다. 〈베누스 전체가 나를 덮쳐 온다.〉

이제 이 불행을 모르는 사람은 오직 마마뿐입니다. 320

**외논**

파노프, 그게 무슨 말인가?

**파노프**

        왕비님만이 상황을 모르시고
헛되이 테제 왕의 귀환을 하늘에 빌고 계신다는 말입니다.
항구에 도착한 범선들로부터 그분의 아들 이폴리트가
막 부왕의 서거 소식을 전해 들었답니다.

**페드르**

세상에!

**파노프**

        국왕 선정 문제를 놓고 아테네가 나뉘었어요. 325
한쪽에서는 마마의 아드님인 왕자님을 옹호하지만,
마마, 다른 쪽에서는 국법을 망각한 채
감히 이방 여인의 아들을 지지하고 있습니다.
사람들 말로는 심지어 어느 무엄한 일당[53]이 왕좌에
아리시를, 팔랑트의 혈육을 앉히려 한다 들었습니다. 330
이러한 위험을 마마께 아뢰어야 할 것 같았어요.

---

53 원어는 〈*une brigue insolente*〉로 〈무엄한 당파 혹은 일당〉이라는 의미를 지닌다.

게다가 벌써 이폴리트는 떠날 채비를 마쳤습니다.
만일 이 새로운 격동 속에서 그가 나타나면,
변덕스러운 백성들이 그를 따르지나 않을까 염려됩니다.

**외논**

파노프, 그만 됐네. 왕비님께서 자네 얘기를 들으셨으니,  335
그런 중요한 충고를 무시하시지는 않을 게야.


# 제5장

페드르, 외논

**외논**

마마, 저는 마마께 사시라고 조르는 것을 멈췄었지요.
벌써 무덤까지 마마를 따라가리라 생각하고 있었습니다.
마마의 뜻을 돌려놓을 말이 제겐 없었으니까요.
하지만 이 새로운 불행이 마마께 다른 법을 명하는군요.  340
마마의 운명은 바뀌었고 새로운 국면을 맞았습니다.[54]
국왕께선 이제 아니 계십니다, 마마, 그분을 대신하셔야지요.
그분은 돌아가시며 마마가 돌보셔야 할 아들을 남기셨어요,
마마를 잃으면 노예, 마마가 사시면 왕이 되실 분을요.[55]

---

54 「앙드로마크」 제1막 제1장 2행을 연상시킨다. 〈나의 운명은 새로운 국면을 맞을 것이다.〉

그분이 불행 중에 누구에게 의지하기를 바라세요?   345
눈물을 흘리셔도 닦아 드릴 손이 없을 겝니다.
죄 없는 왕자님의 절규가 신들에게까지 미쳐서,
그 어머니에게 조상들이 진노하게 될 것입니다.
사세요, 더 이상 자책하실 이유가 없습니다.
마마의 불꽃은 정상적인 불꽃이 되었습니다.   350
테제 왕은 숨을 거두면서[56] 혼례의 연을 끊어 주었습니다,
마마의 불길을 끔찍한 죄로 만들었던 그 인연을요.
이폴리트는 마마에게 덜 두려운 존재가 되었습니다,
이제 마마가 그를 보아도 죄가 될 것이 없습니다.
어쩌면 마마의 적대감을 확신하고   355
그는 반도들의 수장이 될 수도 있습니다.
그의 오해를 풀어 주고, 기개를 누그러뜨리세요.
이 행복한 해안가의 왕, 트레젠은 그의 몫입니다.
한데 그도 알고 있죠, 국법상 마마의 아드님께
미네르바가 세운 멋진 성채[57]가 돌아간다는 것을요.   360
마마와 그에게는 합법적인[58] 적이 있습니다.
두 분이 힘을 합쳐 아리시를 물리치세요.

---

55 페드르는 테제와의 사이에서 아카마스와 데모퐁이라는 두 아들을 두었다.
56 당대의 기록에 따르면, 연극 상연 초반에는 〈테제 왕은 숨을 거두면서 *Thésée en expirant*〉 대신 〈테제 왕은 죽으면서 *Thésée en mourant*〉라는 대사를 들을 수 있었다고 한다.
57 도시 아테네를 말한다. 로마인들에게 미네르바는 곧 아테네에 해당한다.
58 일반적으로 〈합당한〉, 〈마땅한〉, 〈정당한〉, 〈의로운〉의 의미를 지니는 〈*juste*〉인데, 여기서는 〈합법적인 *légitime*〉이라는 뜻으로 해석된다.

**페드르**

그래 좋다! 네 충고에 따르도록 하마.
살자꾸나, 만일 삶 쪽으로 나를 다시 데려가 준다면,
그리고 아들에 대한 사랑이 이 참담한 순간에
내 미약한 정신의 남은 흔적이나마 되살릴 수 있다면.

# 제2막

# 제1장

아리시, 이스멘

**아리시**

이폴리트가 이곳에서 나를 보자 한다고?
이폴리트가 나를 찾고, 작별을 고하고자 한다고?
이스멘, 사실이냐? 잘못 들은 것은 아니고?

**이스멘**

그것이 테제 왕의 사망이 가져온 첫 번째 효과예요.
맞이할 준비를 하세요, 마마, 사방에서
테제 왕이 물리쳤던 연심들이 마마를 향해 몰려드는 것을요.
아리시 공주님은 마침내 자기 운명의 주인이 되신 거예요,
머지않아 그리스 전체가 공주님 발아래 엎드릴 것이어요.

**아리시**

그러니 그게 정녕, 이스멘, 뜬소문이 아니라는 말이지?                375
내가 노예가 아니고, 더 이상 적도 없다는 것이?

**이스멘**

그럼요, 마마, 이제 신들도 공주님께 적대적이지 않아요,
테제 왕도 오라버님들처럼 저승의 혼백이 되었어요.

**아리시**

대체 어떤 모험을 하다가 생을 마감했다고 하더냐?

**이스멘**

그의 죽음에 대해서는 믿기 어려운 얘기들이 떠돌아요.         380
말로는 새로운 애인을 유혹하려 한
이 바람둥이 남편을 파도가 집어삼켰다고들 하대요.
심지어는, 도처에 파다하게 퍼진 소문인데,[59]
피리토위스[60]와 함께 저승에 내려갔다가
그가 코시트 강과 어둠의 나라를 보았고,                        385
지옥의 망령들 앞에 산 채로 나타났다는 거예요,
하지만 이 음산한 처소에서 빠져나올 수 없었고,
결코 되돌아오지 못하는 강을, 다시 건너지 못했다지요.[61]

---

59 경이로운 광경을 도입하기 위해 라신은 「이피제니」에서 율리시즈가 마지막 이야기를 전달한 것과 동일한 방식을 사용하고 있다. 또한 이는 앞으로 등장할 1539행, 즉 테라멘의 이야기 장면에서 사용될 방식을 미리 암시하는 것이기도 하다.
60˚ 테세우스의 친구 페이리토오스.

### 아리시

어찌 믿겠느냐, 사람이 명이 다하지도 않았는데
망자들의 깊숙한 처소에 발을 들일 수 있단 말이냐?  390
무엇에 홀려 그 무서운 데까지 갔다 하더냐?

### 이스멘

테제 왕은 죽었어요, 공주님, 마마께서만 그걸 의심하세요.
아테네는 비통에 잠겼고, 트레젠은 그 사실을 알고 나서,
벌써 자기네 왕으로 이폴리드를 인정했어요.
페드르는 이 궁전에서 아들 때문에 두려움에 떨면서,  395
당황한 측근들에게 의견을 구하고 있어요.

### 아리시

그래 너는 아비보다 나한테 더 인간적이라서

61 이 행은 필시 베르길리우스가 아에네이스의 지옥 하강 이야기를 할 때 사용했던 표현을 각색한 것이다. 즉 〈*ripam irremeabilis undae*, 돌아올 수 없는 물결의 기슭〉이 그것이다. 테제의 지옥 하강 이야기와 관련해서는 라신이 『플루타르코스 영웅전』에 근거해 서문에서 제시한 바 있고, 실제 957~970행에서 테제의 입을 통해 묘사하고 있는 〈역사적인〉 설명도 존재한다. 전설에 따르면 이 에피소드는 페드르의 죽음 이후에 일어난 것으로 되어 있다. 즉 테제와 피리토위스는 둘 다 아내를 잃은 홀아비 신세였기 때문에 제우스의 딸들을 납치하기로 결정했던 것이다. 피리토위스는 테제가 헬레네를 납치하는 것을 도와주었고, 자기 자신은 페르세포네에게 눈독을 들였는데 페르세포네는 이미 제우스의 동생이자 저승 신인 하데스와 결혼한 상태였다. 제우스는 이 둘을 〈망각의 의자〉에 묶어 놓았고, 4년 후 저승 세계에 내려온 헤라클레스는 두 사람 중 오직 테제만을 구출하는 데 성공했나. 헤라클레스에 의한 테제의 구출에 대한 〈역사적인〉 버전은 『플루타르코스 영웅전』의 「테세우스의 일생」에 나와 있다. 코시트 강(코퀴토스 강)은 저승 세계를 흐르는 강 중의 하나로, 그 강물은 눈물로 이루어진 것이라 전해진다.

이폴리트가 나의 굴레를 가볍게 해주리라 믿는 것이냐?
그가 내 불행을 동정할 것 같으냐?

**이스멘**

마마, 전 그리 여깁니다.

**아리시**

냉정하기 짝이 없는 이폴리트를 네가 알기나 하느냐? 400
어떤 가당찮은 기대로 그가 날 동정하리라 생각하느냐,
여자를 경멸하는 그가 오직 나만은 존중해 줄 거라고?
너도 알다시피 오래전부터 우리의 발길 닿는 곳을 피하고,
우리가 없는 곳만을 찾아다니고 있지 않느냐.

**이스멘**

그분의 냉정함에 대해 사람들이 하는 말은 저도 알아요. 405
하지만 그 거만한 이폴리트가 공주님 곁에 있는 걸 봤지요.
게다가 그분을 뵐 때 그 오만함에 대한 소문이
그분에 대한 저의 호기심을 배가시켰어요.
그분의 풍모는 그런 소문과는 전혀 딴판이던데요.
마마의 눈길이 닿자마자 그분이 당황하는 걸 봤어요. 410
그분의 눈은 헛되이 마마를 피하려고 애를 썼지만,
이미 번민으로 가득 차 마마를 떠나지 못하더군요.
애인이라는 말은 아마도 그분의 마음을 상하게 하겠지요.
하나 애인의 말은 안 해도, 애인의 눈빛은 가지고 있어요.

## 아리시

내 마음이, 이스멘, 얼마나 열중해서 듣고 있는지 415
필시 별 근거도 없을, 네 말을 말이야!
아 네가! 나를 아는 네가, 믿을 수 있었던 게냐
가차 없는 운명의 가련한 노리개로,
언제나 원망과 눈물로 연명해 온 이 마음이,
사랑을, 사랑의 미칠 듯한 고통을 알게 되리라고? 420
대지의 고귀한 아들이신 대왕[62]의 후손 가운데,
나만이 유일하게 전쟁의 광기에서 살아남았고,
한창 꽃다운 청춘의 오라버니 여섯[63]을 잃었다.
존귀한 가문의 찬란한 희망이었던 그분들을!
검들이 모든 것을 거두었고, 축축하게 젖은 대지가 425
마지못해 에렉슈테 자손들의 피를 마셨다.
너도 알지, 오라버니들이 그리 가신 후 얼마나 혹독한 법이
모든 그리스 남성들에게 나를 연모하는 것을 금했는지.
두려웠겠지, 누이에 대한 무모한 연모의 불길이 언젠가
오라비들의 재에서 불씨를 다시 살려 낼까 봐. 430
하지만 너는 또 알잖아, 내가 얼마나 경멸적인 눈초리로
이 의심 많은 승자의 염려를 바라봤는지도.
너도 알다시피 언제나 사랑에 등을 돌려 왔기에

---

62 팔랑티드 자손들은 아테네의 전설적인 왕 중 하나인 에렉슈테(에렉테우스)의 후손들이다. 호메로스에 따르면 에렉슈테는 대지의 신 가이아의 아들로 인간을 부모로 둔 것이 아니라 땅에서 솟아났다고 한다.
63 고대의 전설과 『플루타르코스 영웅전』에서는 팔랑티드 형제들의 수가 50명으로 되어 있다.

나는 종종 부당한 테제에게 고마워하기도 했다,
냉혹한 그의 조처가 다행히 사랑에 대한 경멸을 도왔으니.   435
내 눈이 그때는, 내 눈이 그의 아들을 보지 못했었구나.
수치스럽게도 단지 눈에 보이는 것에만 홀려서
그의 외모를, 칭찬이 자자한 매력을 사랑하는 것은 아니다,
그것들은 그를 영예롭게 하려 자연이 하사한 선물이건만,
정작 그 자신은 대수로이 여기지 않고, 모르는 것 같더구나.   440
나는 그가 가진 보다 고귀한 자산을 사랑하고, 높이 평가해,
그의 아버지에게 물려받은 미덕 말이다, 약점은 전혀 없이.
그래 고백하지, 나는 사랑한다, 그 고결한 오만함을
단 한 번도 사랑의 굴레 아래 굴복한 적 없는 그 마음을.
페드르가 테제의 연심을 받았었다고 자랑해 봐야 소용없어.   445
나는 말이야, 자존심이 더 세서 손쉬운 영광은 피할 테니까.
하고많은 다른 여인들에게 바쳐졌던 찬사를 얻어 내고,
도처에 열린 마음속에 들어가는 일 따위는 싫어.
차라리 굽힐 줄 모르는 마음을 꺾어 버리고,[64]
냉담한 영혼에 고통을 안겨 주고,   450
사랑의 사슬에 묶인 것을 보며 놀라면서도,
맘에 드는 굴레에 헛되이 저항해 보는 포로를 묶어 두는 것,
그것이 바로 내가 원하고, 나를 흥분시키는 거야.
에르퀼을 무장 해제 시키는 것이 이폴리트보다는 쉬웠어,

---

[64] 이 부분은 필경 가르니에Robert Garnier의 「이폴리트」에서 유모가 페드르에게 한 대사 중 한 행을 각색한 것이다. 〈하나 누가 이 굽힐 줄 모르는 젊은이를 꺾을 수 있단 말입니까?〉

훨씬 자주 정복당하고, 훨씬 빨리 항복했으니 455
그를 길들인 눈에 돌아가는 영광도 적었던 거지.
한데 이스멘, 아아! 나는 어찌 이리 경솔한 것이냐!
내게 돌아올 것은 격심한 저항 뿐일 터인데.
너는 아마도 듣게 될 것이다. 비탄에 잠긴 초라한 내가,
오늘 경외해 마지않는 바로 그 오만함에 신음하는 것을. 460
이폴리트가 사랑을 할까? 어떤 더할 나위 없는 행운으로
내가 꺾을 수 있었단 말이냐…….

**이스멘**

그분께 직접 들어 보세요.
이리로 오고 계십니다.

## 제2장

이폴리트, 아리시, 이스멘

**이폴리트**

공주, 떠나기 전에,
공주의 운명에 대해 알려 드려야 한다고 생각했소.
아버님은 더는 세상에 안 계시오. 불길한 의심이 드는 것이 465
아버님이 여태 돌아오시지 않는 이유를 예감했었다오.
오직 죽음만이 그분의 눈부신 과업을 가로막아

그리도 오랫동안 그분을 세상에서 감출 수 있었던 거요.
신들이 마침내 사람의 명을 자르는 파르크[65]에게
알키드의 벗이자, 동료요, 계승자를 넘기셨나 보오. 470
공주의 증오심도, 그분의 용덕을 너그러이 보아,
그분께 드려 마땅한 호칭들을 섭섭함 없이 들으리라 믿소.
한 가지 희망이 나의 지극한 슬픔을 위무해 주오.
나는 공주를 준엄한 감시에서 벗어나게 할 것이오.
내가 그 혹독함을 통탄해 마지않았던 법령을 폐지하겠소, 475
당신은 당신 스스로를, 당신 마음을 뜻대로 해도 좋소.
오늘부로 나의 몫이 된 트레젠,
예전에 나의 조상 피테의 유산이었던 이곳,[66]
주저 없이 나를 그들의 왕으로 인정한 이곳에서,
당신은 나만큼, 아니 나보다 더 자유로운 몸이오. 480

### 아리시

호의를 조금 거두세요, 과도하여 당황스럽습니다.
그토록 관대한 배려로 저의 불운을 영예롭게 하시다니,
왕자님, 이는 생각하시는 것 이상으로 저를,
면해 주려 하시는, 그 준엄한 법 아래 두시는 겁니다.

---

65* 그리스 로마 신화의 파르카이. 인간의 출생과 결혼, 죽음을 관장하는 세 자매 신 가운데 하나이다.
66 펠롭스의 아들이자 트레젠의 설립자인 피테(피테우스)에게는 애트라(아이트라)라는 딸이 하나 있었는데 피테는 그녀를 에제(아이게우스)와 결혼시켰다. 그는 이 결합에서 탄생한 손자 테제와 증손자 이폴리트를 차례로 키웠다.

**이폴리트**

아직 후계자를 확정하지 못한 아테네는            485
공주를 언급하고, 나와, 왕비의 아들을 거명하고 있소.

**아리시**

저를요, 왕자님?

**이폴리트**

　　　　나두 아오. 헛된 기내 따위는 없소,
거만한 법이 나를 거부한다는 것을 알고 있소.
그리스는 내가 이방 여인을 어머니로 두었다 비난하오.[67]
하나 만일 내 경쟁자가 동생뿐이라면,            490
공주, 내겐 그 아이를 누를 권리가 있고
변덕스러운 법으로부터 그것을 구해 낼 수 있을 것이오.
내가 과감한 행동을 멈추는 건 보다 정당한 견제가 있어서요.
공주께 양보하겠소, 아니 공주께 자리를 되돌려 드리려오,
예전에 공주의 선조들이 물려받은 자리,            495
대지가 잉태했던 그 이름 높은 분[68]께 물려받은 왕홀을.
에제는 양자가 되면서 그것을 수중에 넣게 되었소.[69]
아테네는 내 아버지 덕에 영토를 확장하고, 보호받게 되자
그토록 용맹한 왕을 기꺼이 인정해 버렸고,[70]

---

67 이폴리트는 아마존 여인 앙티오페의 아들이었다. 에우리피데스의 「히폴리토스」에서 페드르의 유모는 그를 〈사생아〉로 취급한다.
68 에레슈테(에렉테우스)를 말한다.
69 앞의 주10 참조.

당신의 불운한 오라버니들을 망각 속에 빠뜨렸던 것이오.   500
아테네가 이제 당신을 성 안으로 부르고 있소.
아테네가 오랜 논쟁으로 신음한 것은 이걸로 충분하오,
아테네의 밭고랑에 묻힌 당신 혈육의 피가
그 피를 준 땅 위에 자욱이 김을 서리게 한 것도 그만 됐소.
트레젠은 내게 복종하오. 크레타의 시골 평야들은   505
페드르의 아들에게 풍요로운 은거지를 제공할 거요.
아티카는 당신의 소유요. 가보겠소, 가서 당신을 위해
우리 둘 사이에서 갈라진 맹세들을 하나로 규합하려 하오.

**아리시**

들려주시는 모든 말씀에 놀랍고 당황하여
두려울 지경입니다, 꿈에 속고 있는 건 아닌지 두렵습니다.   510
제가 깨어 있습니까? 정녕 그것을 믿어도 된단 말입니까?
어떤 신이, 왕자님, 어떤 신이 그런 계획을 품게 하였나요?
왕자님의 명성이 도처에 자자하시더니 그럴 만했었군요!
게다가 실상을 접하니 소문을 능가하십니다!

70 이 두 행은 테제의 삶에서 뚜렷하게 구분되는 두 가지 에피소드를 합쳐 이야기 진행의 순서를 뒤집어 놓고 있다. 499행은 테제가 에제의 아들로 인정받기 위해 아테네에 온 순간을 환기한다. 즉, 에제는 〈아테네의 모든 시민들이 모인 공개적인 회합에서 테제를 자신의 아들로 인정한다고 선언한다. 모든 백성들이 그의 뛰어난 공적에 대한 명성 때문에 그를 기뻐하며 받아들인다.〉(『플루타르코스 영웅전』, 「테세우스의 일생」) 반면 498행은 부친의 죽음 후 아테네의 왕이 된 테제가 아테네를 문명화시키는 과정을 환기한다. 〈그는 아티카 지방의 모든 주민을 한 도시 안에 모아, 하나의 도시 체계를 확립하였다. 예전에 이들은 여러 촌락에 흩어져 살고 있었다.〉

왕자님 스스로 저를 위해 자신을 저버리시려는 겁니까?  515
저를 미워하지 않으신 것만으로 충분하지 않았습니까?
그리 오래도록 왕자님의 영혼을 지켜 내신 것으로도,
이 미움으로부터…….

### 이폴리트

내가, 당신을 미워하다니요, 공주?
사람들이 내 자부심을 다소 과장된 색채로 묘사했다 해서,
내가 무슨 괴물의 배에서 태어나기라도 했다는 말이오?  520
제아무리 야만적인 성정인들, 골수에 박힌 증오인들
당신을 보면서, 어찌, 누그러지지 않을 수 있겠소?
내 어찌 혼을 빼놓는 매력[71]에 저항할…….

### 아리시

예? 왕자님?

### 이폴리트

내가 지나치게 앞서 나갔나 보오.
이성이 격정을 이기지는 못하는 것 같소.  525
어차피 침묵을 깨뜨리게 되었으니,

---

71 원문의 표현은 〈*charme décevant*〉으로 여기서는 〈영혼을 홀리는, 혼을 쏙 빼놓는, 혹하게 하는 매력 혹은 마력〉이라는 의미로 해석된다. 일반적으로 옛 프랑스어에서 〈기만하는〉, 〈속이는〉이라는 뜻으로 사용되는 〈*décevant*〉은 감각(지각)을 교란시킨다는 의미로, 앞서 437행 아리시의 대사에 등장하는 〈홀려서*enchantée*〉와 같은 의미를 지닌다. 동의어로는 *ensorcelée*, *séduite* 등을 들 수 있다.

공주, 계속해야겠소. 공주께 알려야만 하겠소,
내 마음이 더는 품어 둘 수 없는, 비밀을 말이오.
공주께선 동정받아 마땅한[72] 왕자를 눈앞에 보고 있소,
후세에 길이 남을 무모한 오만의 본보기라오.                                530
거만하게 사랑에 맞서 대항했던 내가,
사랑의 사슬에 묶인 포로들을 오랫동안 모욕했고,
연약한 인간들의 난파를 불쌍히 여기면서,
언제까지나 해안가에서 폭풍을 관망하리라 여겼던 내가,[73]
이제 평범한 사람들의 법 아래 종속되어,                                    535
대체 어떤 혼란에 휩쓸려 나 자신에게서 이리도 멀어졌는지!
나의 무모한 만용은 한순간에 꺾이고 말았소.
그토록 오만하던 영혼이 결국 종속적이 되었다오.
여섯 달 가까이 수치심에 사로잡히고, 절망한 채로,
나를 맞힌 화살을, 여기저기로 끌고 다니며,[74]                              540
당신에게, 나에게 저항하고자[75] 했지만 허사였소.

72 원문의 표현은 〈불쌍한〉, 〈가엾은〉의 뜻을 지닌 〈*déplorable*〉이다.
73 이는 아마도 루크레티우스Lucretius의 『사물의 본성에 관하여*De Rerum Natura*』에서 가장 유명한 두 행을 암시하는 것이리라. 〈넓은 바다 위로 바람이 파도를 불러일으킬 때, 해안가에서 타인의 가장 힘든 고통을 관조하는 것은 감미로운 일이다.〉
74 이 행의 원문 표현은 〈*Portant partout le trait, dont je suis déchiré*〉이다. 여기서 〈*trait*〉는 사랑과 연애를 주로 다루는 갈랑트리*galanterie* 문학의 용어로는 사랑의 신 큐피드가 쏜 화살을 뜻한다. 하지만 여기서 라신은 이 사랑의 화살이 지닌 이미지를 현대화한 「아이네이스」를 모방하고 있다. 베르길리우스는 아에네이스를 사랑하는 디도를 갑자기 등에 화살을 맞은 암사슴으로 비유한 바 있다. 〈그녀는 날개 달린 창을 가져갔다. 도망가면서 그녀는 숲과 님프들의 보금자리를 내달렸다. 하지만 그 치명적인 화살은 그녀의 옆구리에 박힌 채 그대로 있었다.〉

보이면 당신을 피하고, 안 보이면 당신을 찾는다오.
숲 속 깊은 곳까지 당신의 모습이 나를 쫓아오오.
한낮의 빛도, 한밤의 어두운 그림자도,
모두가 피하고 싶은 이의 매력을 내 눈에 그려 주오.      545
모두가 앞다퉈 반항하는 이폴리트를 당신께 넘기려 하오.
나 또한 이 모든 노력의 헛된 결실로,
지금 나를 찾아보지만, 더 이상 찾을 수가 없소.[76]
활도, 투창도, 전차도, 모두가 그저 귀찮기만 하오.
나는 이제 넵튄의 가르침도 기억을 못 하겠소.[77]      550
오직 한탄만이 숲 속에 울려 퍼지고,
한가로운 나의 준마들은 내 목소리를 잊었소.
아마도 이토록 거친 사랑의 이야기를 들으면서
그대가 만들어 놓은 작품에 얼굴이 붉어질지도 모르겠소.
그대에게 바치는 마음을 이리도 사납게 전하다니!      555
그토록 아름다운 구속에 어찌 이리 이상한 포로란 말인가!
하나 그 때문에 이 봉헌이 당신 눈에 더 값질 것이오.
내가 그대에게 낯선 언어를 말하고 있음을 생각하여,
서투르게 표현한 이 연심을 부디 거절하지 말아 주오,
그대가 아니었다면 이폴리트가 결코 하지 못했을 말이니.   560

75 〈저항하고자〉의 원문 표현은 〈*Je m'éprouve*〉이다. 이 동사가 이런 뜻으로 사용된 것은 예외적이다.
76 피에르 멜레즈Pierre Mélèse가 편집한 『라신 희곡*Théâtre de Racine*』에 따르면, 이 구절은 마리 드 페슈 드 칼라쥬Marie de Pech de Calages의 「유디드 Judith」에 나오는 한 구절을 연상시킨다. 〈그는 자기 자신을 찾으려 하지만 더 이상 찾지 못한다.〉
77 주24 참조.

# 제3장

이폴리트, 아리시, 테라멘, 이스멘

**테라멘**

왕자님, 왕비께서 오십니다, 제가 그분을 앞질러 왔지요.
왕자님을 찾으십니다.

**이폴리트**

나를?

**테라멘**

무슨 연유인지는 모르겠어요,
아무튼 그분 편으로 누가 왕자님을 찾으러 왔었습니다.
왕자님이 출발하시기 전에 하실 얘기가 있답니다.

**이폴리트**

페드르가? 무슨 말을 하지? 대체 무엇을 기대한단……. 565

**아리시**

왕자님, 그분의 말씀을 듣지 않을 수는 없습니다.
아무리 그분의 적의를 확신하신다 해도,
그분의 눈물에 일말의 동정심은 보이셔야죠.

### 이폴리트

그럼 공주께선 나가 계세요. 난 가볼 테니. 그런데 모르겠소,
내가 숭배하는 매력적인 이의 맘을 상하게 한 건 아닌지.    570
난 모르겠소, 행여 당신 손에 맡겨 두는 이 마음이……

### 아리시

떠나세요, 왕자님, 그 자비로운 계획들을 추진하세요.
아테네를 저의 권한하에 놓이게 해주세요.
왕사님이 제게 수시고자 하는 모든 것을 받으렵니다.
하지만 그처럼 크고, 그처럼 영광스러운 이 왕국도,    575
제 눈에는 당신이 주신 것 중 가장 값진 것은 아니랍니다.[78]

## 제4장

이폴리트, 테라멘

### 이폴리트

친구여, 준비는 다 되었는가? 한데 왕비가 다가오는군.
가서, 모두들 신속히 출발 준비를 하라고 이르게나.
신호를 보내라고 하고, 달려가서, 명하고, 어서 돌아오게.
내가 속히 이 거북한 대면에서 벗어날 수 있도록.    580

---

[78] 라신의 전작 「미트리다트Mithridate」에서 모님이 크시파레스에게 한 것과 같이 에둘러 고백하는 형식을 취하고 있다.

# 제5장

페드르, 이폴리트, 외논

**페드르(외논에게)**

저기 왔구나. 모든 피가 심장 쪽으로 역류한다.
그를 보니, 무슨 말을 하러 왔는지, 잊어버렸다.

**외논**

오로지 마마만을 믿고 있는 아드님을 기억하세요.

**페드르**

듣자 하니 출발이 임박하여 곧 저희를 떠나신다지요,
왕자님. 그대의 고통에 내 눈물을 보태러 왔습니다.   585
그대에게 아들에 대한 염려를 말씀드리러 왔어요.
내 아들은 이제 아버지가 없습니다, 또한 머지 않은 날에
나의 죽음을 지켜봐야 할 것입니다.
벌써 수많은 적들이 어린 그 아이를 공격합니다.
오직 왕자님만이 그들에게서 아이를 보호해 줄 수 있어요.   590
하지만 남모르는 후회가 제 마음을 어지럽히네요.
그 아이의 외침에 귀를 막게 한 건 아닌지 저어됩니다.
왕자님의 화가 그 아이한테로 향할까 떨려요,
응당 혐오스러운 어미에게로 와야 할 화가 말입니다.

**이폴리트**

마마, 제게 그렇게 비열한 감정은 없습니다.

**페드르**

그대가 날 미워하신다 해도 불평하지는 않겠습니다,
왕자님. 그대를 해하려고 열심인 나를 보셨으니까요.
하나 내 맘 깊숙한 곳까지 읽으실 수는 없었을 겝니다.
나는 왕자님의 미움을 사고자 공을 들였습니다.
내가 살았던 곳에 그대가 있는 걸 견딜 수가 없었지요.
공개적으로나, 은밀하게나 그대에게 맞설 것을 선언하고,
바다를 사이에 두고 그대와 떨어져 있기를 바랐습니다.
나는 하물며 엄명을 내려 금지하기도 했습니다.
내 앞에서 감히 그대의 이름을 발설하지 못하게요.
하나 모욕을 준 것으로 벌을 정하고,
미움만이 그대의 미움을 살 수 있는 것이라면,
어떤 여인도 나보다 더 동정받을 만한 이는 없으며,
왕자님, 그대의 적의를 덜 받아 마땅한 이는 없습니다.

**이폴리트**

제 자식의 권리에 집착하는 어머니가
다른 처 소생의 아들을 용서하기란 드문 일이지요.
마마, 저도 알고 있습니다. 성가신 의심이란
두 번째 결혼의 가장 흔한 결과라는 것을요.
다른 누구라도 제게 똑같은 시기심[79]을 품었을 테고,

저는 어쩌면 더한 모욕을 받았을지도 모르는 일입니다.

**페드르**

아, 왕자님! 하늘은, 감히 하늘을 두고 맹세컨대, 615
그 공통의 법칙에서 나를 제외하려고 했었답니다!
전혀 다른 근심이 나를 뒤흔들고, 집어삼키고 있어요![80]

**이폴리트**

마마, 아직 그토록 괴로워하실 때는 아닙니다.
어쩌면 부왕께서 살아 계실 수도 있습니다.
하늘이 우리 눈물을 봐서 그분을 돌려보내 줄지 모릅니다. 620
넵튄이 그분을 보호하니, 이 수호신은
아버님의 애원을 헛되게 하지는 않을 겁니다.[81]

**페드르**

그 누구도 망자들의 나라를 두 번 보지는 못합니다,
왕자님. 테제 왕께서 이미 저승의 강변을 보았으니,
어느 신이 그분을 돌려보내리라 기대한들 부질없지요, 625
탐욕스러운 아케롱 강은 먹이를 절대 놓치지 않습니다.[82]

---

79 원문의 표현은 〈*ombrages*〉로, 17세기에는 단수와 복수가 구별 없이 사용되었다.

80 이 구절 역시 마리 드 페슈 드 칼라쥬의 「유디트」에서 영감을 받은 듯하다. 〈전혀 다른 근심이 그를 동요하게 하고, 집어삼키는구나.〉

81 테제가 넵튄에게 애원하는 순간 이폴리트의 죽음을 앞당기게 될 것이니(제4막 제2장), 이폴리트의 대사는 비극적 아이러니가 아닐 수 없다.

아니요! 그분은 죽지 않았어요, 그대 안에 숨 쉬고 있으니.
여전히 내 눈앞에 남편을 보고 있는 듯합니다.
그를 보고, 얘기하고, 내 가슴은…… 이런 횡설수설했군요,
왕자님, 미친 격정이 나도 모르게 튀어나왔습니다.                 630


### 이폴리트

마마의 사랑이 놀라운 효과를 만들어 내는 게 보입니다.
왕께선 돌아가셨지만, 여전히 마마 눈앞에 현존하시네요.
여전히 그분에 대한 사랑으로 영혼이 불타고 있네요.[83]


### 페드르

그래요, 왕자. 나는 여위어 가고, 테제 때문에 불타올라요.
나는 그분을 사랑해요, 지옥이 보았던 그분의 모습,         635
수많은 다른 여인을 연모하는 바람둥이,
저승 신의 침상까지 욕되게 하러 갔던 모습이 아니라,

---

82 이폴리트의 확신과 페드르의 대답은 세네카의 「파이드라」에 나오는 4행을 발전시킨 것이다.
83 이 행과, 652행까지 이어지는 페드르의 대답은 세네카의 「파이드라」에 등장하는 고백의 장면을 충실하게 따라가고 있다. 〈히폴리토스: 분명히 테제 왕에 대한 당신의 정숙한 사랑 때문에 횡설수설한 것일 게요. 파이드라: 맞아요, 이폴리트. 내가 좋아하는 테제 왕의 모습, 그가 예전 젊었을 때, 막 자라기 시작한 턱수염이 그의 싱그러운 뺨에 그늘을 만들어 주었을 때, 그가 그노스 괴물의 어두운 거처를 보았을 때, 그가 구불구불한 길을 가는 내내 잡아 늘인 실을 그러모았을 때 그때의 모습 말이죠. (……) 그대가 아버지와 함께 크레타의 바다로 들어왔다면, 아비도 언니가 실을 쥐여 준 것은 그대였을 거야. 아, 언니, 언니, 내 언니, (지금 언니가 하늘의 어떤 별에서 빛나고 있다 해도) 나는 지금 같은 이유로 언니에게 간청하는 거야. 한 가족이 두 자매를 매료시켰어. 언니에겐 아비가 그랬고, 내겐 그 아들이.〉

신실하지만 오만하고, 다소 사납기까지 한,
매력적이며, 젊고, 모든 연심을 이끌고 다니는,[84]
사람들이 묘사하는 신들, 아니 눈앞의 당신 같은 모습을요. 640
그이는 당신의 풍채, 당신의 눈, 당신의 말투를 지녔었어요.
이런 고귀한 수줍음이 그이의 얼굴을 물들이고 있었어요,
우리 크레타 섬 주변의 물결을 헤치고 건너왔을 때 그이는,
미노스의 딸들이 흠모하기에 합당한 분이었지요.
그때 당신은 뭘 하고 있었지요? 어찌하여 이폴리트 없이 645
그리스 영웅들의 정예 대표단이 구성되었던 건가요?
왜요, 그 당시엔 아직까지 너무 어려서
우리 해안가에 정박한 배에 탈 수 없었나요?
크레타의 괴물은 당신에게 죽임을 당했을 텐데,
괴물이 살던 거대한 은신처[85]에 어떤 우회로가 있다 해도. 650
불확실한 진로로 인한 곤경을 해결하기 위해
내 언니가 운명의 실로 당신 손을 무장해 주었겠지요.
아니, 아니야. 그 계획에선 내가 언니를 앞섰을 거야.
사랑이 나한테 먼저 그런 생각을 하게 했을 테니까.
그건 나예요, 왕자님, 내가 필요한 도움을 주어 655
그대에게 미궁 속의 에움길을 가르쳐 줬을 겁니다.[86]

84 이 두 행은 라신의 전작 「앙드로마크」에서 에르미온이 피뤼스를 떠올리던 모습을 환기시킨다.(「앙드로마크」, 제3막 제3장)
85 말하자면, 미노타우로스가 갇혀 있던 미궁을 뜻한다.
86 페드르가 아리안을 환기하는 장면에서 세네카의 극을 참조하며 라신은 아리안을 무대에 올렸던 다른 프랑스 비극들을 하나하나 검토해야 했을 것이다. 그가 비록 토마 코르네유의 「아리안」에는 빚진 게 없다 해도, 1671년 마레 극장에서 초연되었고, 테제에게 버림받은 아리안의 장면으로 시작되는 도노 드 비제Donneau

이 매력적인 얼굴에 얼마나 많은 정성을 들여야 했을까!
실로는 당신의 연인을 충분히 안심시킬 수 없었을 거예요.
당신이 무릅써야 했던 위험의 동반자로서,
아마도 내 스스로가 당신보다 앞장서 나갔을 거예요,   660
당신과 함께 미궁에 내려간 페드르는,
당신과 함께 살아 돌아오거나, 아니면 죽었을 겁니다.

### 이폴리트

신이시여! 대체 이게 무슨 말인가? 마마, 잊으셨습니까,
테제가 제 아버지이며, 마마의 남편이라는 사실을요?

### 페드르

아니 무슨 근거로 내가 그것을 잊었다고 생각하는 건가요,   665
왕자? 내가 명예에 대한 염려를 잃기라도 했단 말인가요?

### 이폴리트

마마, 용서하십시오. 얼굴을 붉히며 고백컨대,
제가 무구한 말씀을 오해하여 비난을 한 모양입니다.
부끄러워 더 이상 마마의 낯을 뵐 면목이 없습니다.
전 이만…….   670

---

de Visé의 기예극 「바쿠스와 아리안의 결혼Les Amours de Bacchus et d'Ariane」의 서두에서는 두 행을 취한 것으로 보인다. 〈(……) 배신자, 너에게 도움이 되는 실을 주어 / 미궁 속의 미로를 피할 수 있게 하였건만.〉

### 페드르

아! 잔인한 사람, 너는 너무 잘 알아들었다.[87]
나는 네가 오해하지 않을 만큼 충분히 말했다.
그래 좋다! 페드르가 누구인지 보아라, 그녀의 광증까지도.
나는 사랑한다. 하나 오해는 마라, 내가 너를 사랑할 때,
내 눈에 결백한 내가 나 자신을 인정하는 것이라고는,
나의 이성을 흐리게 하는 미친 사랑의 독을　　　　　　　　675
나의 야비한 타협으로 키워 왔다고 생각지도 마라.
신들의 복수의 가엾은 대상이 되어 버린 나는,
네가 날 증오하는 것보다 더 내 자신을 혐오하니까.
신들이 나의 증인이다, 이 신들이 내 가슴속에
내 핏줄 전부에게 치명적이었던 불길을 타오르게 했고,　　680
잔인한 영광을 취하고자
나약한 인간의 마음을 유혹하였으니.
네 스스로 머릿속에 과거를 떠올려 보아라.
널 피하는 것으로 모자라서, 야속한 자야, 난 널 내쫓았다.
나는 네게 가증스럽게, 비정하게, 보이기를 원했었다.　　　685
너에게 저항하기 위해, 너의 미움을 사려 했다.
이런 부질없는 수고들이 내게 무슨 도움이 되었나?
네가 날 더 미워한다고, 내가 널 덜 사랑하지 않았는데.
불행마저도 네게는 새로운 매력을 더하더구나.

---

87 여기서 반말(프랑스어에서는 *vous* 대신 *tu*를 사용하여 표현)로 이행되는 모습은 「앙드로마크」에서 에르미온이 피뤼스에게, 「바자제Bajazet」에서 록산이 바자제에게 반말을 사용하는 것을 환기시킨다.

나는 여위었고, 말라 갔다, 불 속에서, 눈물 속에서. 690
그걸 확인하는 데에는 네 눈만으로 충분하다,
네 눈이 단 한 순간이라도 나를 보아 줄 수 있다면.
무슨 말을 하고 있나? 내가 방금 네게 한 고백이,
이토록 수치스러운 고백이, 자발적인 것이라 믿느냐?
차마 저버릴 수 없었던 아들을 위해 떨리는 마음으로, 695
그 아이를 미워하지 말아 달라 부탁하러 왔거늘.
제 사랑의 대상으로 가득한 마음이 품은 무력한 계획이여!
이런! 나는 네게 네 얘기밖에 할 수가 없었구나.
나에게 복수해라, 이 추악한 사랑에 대해 나를 벌해라.
너에게 생명을 준 영웅의 아들답게, 700
네 화를 돋우는 괴물로부터 이 세상을 구해 내라.
테제의 과부가 감히 이폴리트를 사랑한다고?
내 말 들어라, 이 끔찍한 괴물은 너를 피하지 않을 것이다.
여기 내 심장이 있다. 네 손이 찔러야 할 곳이 바로 여기다.
벌써 자기의 죄를 속죄하려고 안달하면서 705
네 팔을 향해 나아가는 심장이 느껴진다.
찔러라. 아니 찌를 만한 가치도 없다고 생각한다면,
너의 증오가 그토록 달콤한 처벌을 내리는 걸 시샘한다면,[88]
아니 너무도 더러운 피로 네 손이 젖게 되는 거라면,
팔 대신 네 검을 내게 다오. 710

---

88 〈시샘한다면〉의 원어 표현인 〈*m'envie*〉는 라틴어 어법을 차용한 것이다. 전체적인 문장의 의미는 〈너의 증오가 내가 필시 달콤하게 여길 처벌을 내게 내리길 거부한다면〉이라고 할 수 있다.

어서 달라니까.[89]

**외논**

대체 뭐 하시는 겁니까, 마마? 맙소사!
저기 사람들이 옵니다. 끔찍한 목격자들을 피하십시오,
어서, 안으로 드세요. 확실한 수치는 면하셔야죠.

## 제6장

이폴리트, 테라멘

**테라멘**

저리 도망치는, 아니 끌려가다시피 하는 게 페드르인가요?
왜요, 왕자님, 어찌 그리 고통스러운 표정이십니까?   715
검도 없이, 망연자실해서, 얼굴에 핏기 하나 없으시네요.

---

89 여기서 페드르는 이폴리트의 검을 잡고 자신을 찌르려 한다. 하지만 외논이 그의 동작을 중지시키고, 검을 가진 채 그녀를 데리고 들어간다. 반면 세네카의 극에서는 페드르가 목을 내놓자 이폴리트가 그녀를 죽이기 위해 직접 검을 빼낸다. 그는 그녀의 목을 조르려고 하다가(《자, 내 왼손으로 머리채를 잡고 그녀의 불경한 목을 비틀어 주리라》), 페드르가 그를 재촉하자(라신 역시 몇 행 앞에서 이 부분을 각색한 바 있다. 699~701행), 이폴리트는 그녀를 밀치고, 검을 버린 채 도망친다(아니, 가거라, 가서 살아라, 내게서 이것조차 얻지 못하도록. 너와의 접촉으로 더러워진 내 검이 어서 내 옆구리를 떠나도록). 이와 달리 라신은 이폴리트가 아연실색하여 침묵을 지키도록 하는 반면, 페드르로 하여금 젊은 왕자의 혐오를 표현하게 하는 쪽을 선택했다.

#### 이폴리트

테라멘, 달아납시다. 나의 놀라움은 극에 달했소.
이제 혐오감 없이 내 자신을 볼 수가 없게 됐소.
페드르…… 하지만, 이런, 맙소사! 깊은 망각 속에
이 끔찍한 비밀이 영원히 묻혀 있기를. 720

#### 테라멘

왕자님이 떠나고자 하시면, 배는 준비되어 있습니다.
한데, 아테네가, 왕자님, 벌써 공표를 했답니다.
아테네의 원로들이 모든 부족의 중지를 모았답니다.
왕자님의 아우가 이겼습니다, 페드르가 승리했어요.

#### 이폴리트

페드르가?

#### 테라멘

   아테네의 뜻을 전하러 온 사자가 725
그분의 손에 나라의 통치권을 맡기러 온답니다.
그 아드님이 왕입니다, 왕자님.

#### 이폴리트

     신들이여, 그 여자를 알면서,
그 부덕에 이런 식으로 보상을 내리십니까?

**테라멘**

그런데 어렴풋한 소문에 왕께서 살아 계신다고 합니다.
테제 왕께서 에피르[90]에 나타나셨다고들 하던데요.
하나 거기서 그분을 찾아봤던 저는, 왕자님, 너무나 잘…….

**이폴리트**

상관없소, 모든 얘기를 듣고, 하나도 소홀히 하지 맙시다.
그 소문을 조사하고, 출처를 찾아봅시다.
그 소문이 내 발걸음을 멈출 만한 게 아니라면,
떠납시다, 그리고 어떤 대가를 치르게 되더라도,
왕홀은 마땅히 그것을 지녀야 할 사람에게 돌려줍시다.

---

90· 에페로우스. 고대 그리스 국가.

# 제3막

# 제1장

페드르, 외논

**페드르**

아! 내게 보내오는 권세 따위는 다른 데나 줘버려라.
성가신 것, 내가 사람들 앞에 나서기를 바라는 것이냐?
무엇으로 침통한 내 마음을 부추기려 왔느냐?
차라리 나를 숨겨 다오, 나는 너무 많은 말을 하였다. 740
나의 광증이 가당찮게도 밖으로 흘러넘치고 말았구나.
나는 결코 누구도 들어서는 안 될 것을 말해 버렸다.
하늘이여! 그가 내 말을 어떻게 들었던가! 어찌나 말을 돌려
그 냉담한 자가 내 이야기를 오래도록 피하던지!
한시라도 빨리 자리를 뜨기만을 얼마나 바라던지![91] 745

91 〈바라다〉로 번역된 문구의 원문은 〈*respirer*〉이다. 여기서 〈*respirer*〉 동사는 〈열망하다〉, 〈바라다〉의 의미인 〈*aspirer à*〉와 동의어로 사용되었다. 맥락을 보면

그자의 얼굴이 붉어지니 내 수치심이 얼마나 배가되던지!
어찌하여 너는 죽으려던 내 생각을 돌려놓았느냐?
슬프다! 그의 검이 내 가슴을 찌르러 다가올 때,
그가 날 위해 창백해지더냐? 그가 내게서 검을 빼앗더냐?
내 손이 검에 한 번[92] 닿은 것만으로 충분하다,   750
내가 그 검을 그 비정한 자의 눈에 끔찍한 것이 되게 했다.
이제 그 불행한 검은 그의 손을 더럽히게 되리라.

### 외논

그렇게 불행 한가운데서 한탄할 생각만 하시면서,
마마는 꺼트려야만 하는 불길을 지피고 계시네요.
차라리 더 낫지 않겠습니까, 미노스의 혈통답게,   755
보다 고귀한 염려에서 평안을 찾아보시는 것이,
도망치는 것만을 능사로 아는 배은망덕한 이에 맞서,
통치를 하고, 이 나라의 국정을 파악하는 것이요!

### 페드르

내가 통치를 해! 한 나라를 나의 명령하에 놓는다고!
나의 무력한 이성이 내 한 몸도 다스리지 못하고,   760
나의 감각들은 통제를 벗어나 제각각 움직이고,

---

여기서 〈*respirer*〉 동사의 또 다른 고전적인(17세기의) 의미가 겹쳐지고 있다. 즉, 〈나타나도록 하다〉, 〈발현되다〉가 그것이다. 이폴리트가 무슨 일이 있어도 빨리 도망가기를 원했다고 추정한 것은 바로 이폴리트의 태도를 보고 짐작한 것이다.

92 라신은 여기서 세네카의 히폴리토스가 느끼는 혐오의 말들을 옮겨 놓고 있다. 주89 참조.

치욕스러운 멍에에 눌려 간신히 숨을 쉬면서,[93]
이리 죽어 가고 있는 마당에.

**외논**

   피하세요.

**페드르**

         그이를 떠날 순 없다.

**외논**

예전에 추방까지 하셨던 분이, 이제 피할 수가 없다니요.

**페드르**

이제 늦었어. 그는 나의 당치도 않은 열정을 알고 있어.  765
엄격한 정숙함의 경계를 넘어서 버렸다.
나는 정복자의 눈앞에서 내 수치를 고백했어,
희망이 나도 모르게 맘속으로 미끄러져 들어왔었다.[94]

---

93 아마도 이 부분은 토마 코르네유의 「앙티오퀴스Antiochus」 한 구절을 각색한 것으로 보인다. 〈내가 대체 무슨 낯으로 왕의 권리를 받아들인단 말인가! / 나 자신을 통치하는 법을 배우지도 못했는데. / 왕이라는 헛된 자격에 대한 어떤 악착스러운 열망으로 내가 내 자신에게도 행하지 못하는 지배를 다른 곳에서 행한단 말이냐?〉

94 라신은 이 3행의 시구에서 오비디우스에게서 가져온 아이디어인 〈나는 수치를 잃어버렸다. 도주하는 나의 정숙함은 전의를 상실했다〉에 베르길리우스에게 가져온 아이디어를 녹여 넣고 있다. 〈이 말을 함으로써 그녀(디도의 누이)는 디도의 영혼에 격렬한 사랑의 불을 질렀고, 주저하는 그의 영혼에 희망을 불어넣었으며, 정숙함의 의무를 벗어던지게 했다.〉

바로 네가 쇠잔해 가는 내 기력을 되살리고,
벌써 내 입술 위를 떠돌기 시작한 숨결을 되살리고자,[95] 770
헛된 희망을 주는 감언이설로 나를 다시 살려냈었지.
네가 내게 그를 사랑해도 될 것처럼 느끼게 했으니까.

### 외논

이런 애통할 때가! 죄가 있든 없든 마마의 불행에서,
마마를 구해 낼 수만 있다면 쇤네가 뭔들 못했을까요?
하지만 모욕으로 마마의 마음이 조금이라도 상했다면, 775
그 오만한 자의 경멸을 어찌 잊으실 수 있습니까?
그 얼마나 잔인한 눈으로 끝끝내 가혹하게 굴면서
마마를 그자의 발아래 거의 꿇어 엎드리게 했었나요!
그자의 난폭한 오만함이 얼마나 가증스럽던지!
페드르 님은 왜 그때 나처럼 보시지 못했을까! 780

### 페드르

외논, 그이는 널 거슬리게 하는 그 오만함을 버릴 수 있어.
숲에서 자라나, 숲처럼 거칠어진 거야.
야생의 법칙으로 단련된 이폴리트는
사랑이라는 말을 처음으로 들었던 거야.
아마도 놀라서 말문이 막힌 것일지도 몰라, 785

---

95 이 멋진 시구는 헬레니스트이자 라티니스트인 라신에게 빚진 것이다. 그리스인들이나 로마인들은 영혼을 숨결과 동일시하였고, 숨결이 입을 통해 다 빠져나가는 순간 숨이 멎어 죽음에 이른다 믿었다.

아니 우리의 애원이 어쩌면 너무 과했는지도.

**외논**

야만인 여자가 그를 배 속에 품었다는 걸 기억하세요.

**페드르**

스키티아인에 야만인이어도, 그녀는 사랑을 했다.

**외논**

그는 모든 여성[96]에게 숙명적인 증오를 품고 있어요.

**페드르**

그러면 나보다 더 사랑받는 연적을 보는 일은 없겠지.[97]    790
아무튼 이제 너의 조언들은 더 이상 필요 없다.
나의 격정을 도와라, 외논. 내 이성이 아니라.[98]

---

96 원어는 〈*pour tout le sexe*〉이며 여기서는 〈우리의 성〉, 즉 〈여성〉을 뜻한다. 이처럼 절대적으로 사용된 〈*sexe*〉는 17세기에 오직 여성만을 지칭했다.

97 이 구절은 세네카의 한 부분을 가져온 것이다. 세네카에서 페드르와 유모 사이에 이루어지는 이 대화는 이폴리트와의 만남 이전에 나온다. 〈유모: 누가 그분의 다룰 수 없는 마음을 구부러뜨릴 수 있겠습니까? 그분은 여성이라는 이름 자체를 혐오하고 피하는데요. 이 야생적인 분은 독신으로 살기로 했답니다. 결혼을 피하고 있어요. 아마조네스의 혈통임을 기억하세요. (……) 그분은 어떤 애원에도 넘어가지 않을 수 있습니다. 야만인이라니까요. 파이드라: 우리도 알다시피 야생적인 사람들도 사랑에는 굴복하는 법이다. (……) 유모: 그자는 우리 여성 전체를 피한다니까요. 파이드라: 그렇다면 연적을 두려워할 필요는 없겠지.〉

98 「앙드로마크」의 반향. 〈아니 자네의 조언은 이제 더 이상 필요 없네. / 필라드, 나는 이제 이성의 목소리를 듣는 것이 지겨우이.〉(제3막 제1장)

그자는 사랑에 저항하면서 마음을 단단히 닫고 있어.
그를 공격하기 위해 어딘가 민감한 구석을 찾아보자.
나라를 통치하는 매력에는 마음이 동하는 것 같더구나.     795
아테네가 그의 관심을 끌었고, 그것을 숨기지는 못하였다.
벌써 그가 이끄는 선단의 뱃머리가 돌려졌고,
돛은 바람에 내맡겨진 채 펄럭이고 있더구나.
나를 대신해서 이 젊은 야심가를 찾으러 가거라,
외논. 그이의 눈앞에 빛나는 왕관을 갖다 대어라.     800
신성한 왕의 띠를 그이의 이마 위에 두르라고 해.
내가 바라는 건 오직 내 손으로 그것을 묶어 주는 영예뿐.
내가 간직할 수 없는 권력을 그에게 양도하자.[99]
그가 내 아들에게 통치의 기술을 가르쳐 줄 거야.
어쩌면 아이에게 아빠 역할을 해주려 할지도 모르지.     805
아들도 어미도 그의 권력 아래로 들어가는 거다.
여하간 그가 마음을 굽히도록 모든 방법을 동원해 보자.
그에게는 너의 말이 내 말보다는 잘 먹힐 거야.
조르고, 울고, 탄원하고, 페드르가 죽어 간다고 얘기해라.
애원하듯 말한다고 절대 부끄러워하지 마라.     810
네가 무슨 말을 해도 좋아,[100] 나는 너만 믿는다.
가거라, 네가 돌아오길 기다렸다가 내 운명을 정할 것이니.

---

99 세네카의 극에서 페드르가 직접 이폴리트에게 한 말을 각색한 것이다.
100 원문은 〈*Je t'avouerai de tout*〉로 〈네가 하는 모든 말을 사실로 인정하겠다〉라는 의미이다.

## 제2장

**페드르(혼자)**

아 그대! 이 지경까지 이른 나의 수치를 보고 있는,
냉혹한 베뉘스여, 이 정도면 충분히 벌을 받지 않았는가?
너는 이보다 더 잔인하게 굴 수는 없으리라. 815
너의 승리는 완벽하고, 너의 화살들은 모두 명중했다.
잔인한 여신이여, 네가 새로운 영광을 원하거든,
너에게 더 반항하는 적을 공격해라.
이폴리트는 너를 피하고, 너의 분노를 자극하면서,
단 한 번도 너의 제단에 무릎을 굽힌 적이 없으니. 820
너의 이름조차 그자의 오만한 귀를 욕되게 하나니.
여신이여, 복수하라, 우리의 입장은 같다.
그가 사랑하게 해다오. 한데, 네가 벌써 돌아오느냐,
외논? 나를 증오하는구나, 네 말을 듣지 않는구나.

## 제3장

페드르, 외논

**외논**

헛된 사랑에 대한 생각은 누르셔야 합니다, 825
마마. 지난날의 덕성을 상기하세요.

돌아가신 줄 알았던 왕께서, 곧 눈앞에 나타나실 겁니다.[101]
테제께서 도착하셨어요. 테제께서 이곳에 계십니다.
백성들이, 그분을 보려고, 달음질쳐 모여들고 있어요.
명하신 대로 궁 밖으로 나가서 이폴리트를 찾고 있었지요,  830
갑자기 하늘을 찌를 듯한 함성 소리가 들려서…….

### 페드르

내 남편이 살아 있다는 거지, 외논, 그것으로 됐다.
나는 부당하게도 그분을 욕보이는 사랑을 고백했다.
그분이 살아 있구나. 그 이상은 알고 싶지 않다.

### 외논

예?

### 페드르

내가 너에게 예고했건만, 너는 들으려 하지 않았다.[102]  835
내 마음의 가책이 옳았는데 너의 눈물에 지고 말았어.

---

101 테제의 귀환을 알리는 이 행은 827행에 위치하는데 이것은 총 1,654행으로 구성된 이 비극에서 정확하게 딱 절반이 되는 지점이다.
102 이는 〈내가 당신에게 예고했지, 그런데도 당신은 그걸 원했소〉(제2막 제5장)라는 「바자제」의 한 행을 에우리피데스를 모방한 구절에 적용한 것이다. 에우리피데스의 극에는 이렇게 나와 있다. 〈네가 생각하는 것을 내가 예고하지 않았었느냐? 지금 나의 불행을 이루는 것에 대해 침묵하라고 네게 말하지 않았었느냐? 하지만 너는 참지 못했고, 그 결과 우리는 치욕스럽게 죽는다.〉(「히폴리토스」, 685~688행) 한편, 『페드르와 이폴리트 비극에 대한 논고』의 저자는 이 행의 생략적 특성을 비판한다.

오늘 아침에 나는 동정을 받으며 죽을 수 있었는데.
너의 조언을 따랐다가, 이제 치욕스럽게 죽게 되었구나.

### 외논

돌아가시다니요?

### 페드르

맙소사! 내가 오늘 무슨 짓을 했는가!
내 남편이 곧 나타나리라, 이들을 내동하고서. 840
난 보게 되겠지, 내가 지른 간통의 불꽃을 목격한 증인이
내가 감히 어떤 낯으로 제 아비를 대하는지 살피는 것을,[103]
그가 결코 들어 주지 않았던 탄식으로 가득한 마음과,
비정한 자에게 거부당해, 눈물에 젖은 눈을 한 채로.
네 생각에는 테제의 명예를 배려하는 마음으로, 845
그자가 부친에게 나를 불사르는 이 열정을 숨길 것 같으냐?
자기 아버지요, 자기 왕이 기만당하도록 놔두겠느냐?
그자가 나에 대한 혐오감을 참아 낼 수 있을까?
그가 침묵해 봐야 소용없다. 내 부정함은 내가 알고 있으니,
외논, 나는 그런 뻔뻔스러운 여자가 아니다, 850
죄 가운데에서도 태연하게 평화를 누리면서
절대 수치를 모르는 낯을 할 수 있는 여자들과는 달라.[104]

---

103 이는 에우리피데스의 극에서 이폴리트가 유모에게 예고했던 것이다. 〈나는 볼 것이다, 아버지와 함께 왔을 때 너와 네 주인이 그분을 어떻게 대하는지를, 그리고 너희의 무엄함을 알게 하리라.〉(「히폴리토스」, 661~663행)

나는 내 광증을 알고, 그것들을 모두 기억한다.
내가 보기엔 벌써 이 벽들이, 이 궁륭들이
입을 열어, 나를 고발할 준비를 마치고                                855
진상을 깨우치려, 남편을 기다리고 있는 것 같구나.
죽자. 죽음이 수많은 공포로부터 나를 해방시켜 주기를.
살기를 멈추는 것이 그렇게도 큰 불행이더냐?[105]
죽음은 불행한 자에게 전혀 두렵지 않은 법이거늘.
나는 오로지 내 뒤로 남겨질 오명만이 두려울 뿐이다.            860
불쌍한 내 아이들에게 그 얼마나 끔찍한 유산인가!
쥬피테르[106]의 피가 그 애들을 자부심으로 채워 주리라.[107]
하나 그 귀한 혈통이 불어넣는 자부심이 마땅한 것이라 해도,
어미가 저지른 범죄는 무거운 짐이 될 것이야.
아, 떨리는구나, 슬프도다! 구구절절 사실인 이야기가            865
어느 날 아이들 앞에서 죄 많은 어미를 비난하게 될까 봐.
몸서리가 쳐진다, 이 추악한 무게에 짓눌려
둘 중 어느 아이도 감히 눈을 들지 못하게 될까 봐.[108]

104 여기서 성서의 환기를 볼 수 있다. 〈이마가 뻔뻔스런 창녀처럼, 너는 부끄러운 줄도 모르고.〉(「예레미야」, 3장 3절)

105 베르길리우스의 환기. 〈죽는다는 것이 대체 어느 정도까지 불행인 것이냐?〉(「아이네이스」, 제12장)

106* 그리스 로마 신화의 제우스(유피테르) 신.

107 테제와 페드르의 아들들은 이중으로 제우스의 피를 이어받았다. 즉 테제는 어머니로 인해 제우스의 혈통이 되며, 페드르는 그의 아버지인 미노스로 인해 제우스의 자손이 된다. 이 행 뒷부분의 원문 표현은 〈*enfler leur courage*〉로 〈그들의 마음을 자부심으로 부풀린다(채워 준다)〉는 뜻으로 해석해야 한다.

108 863~868행에 이르는 여섯 행은 에우리피데스의 「히폴리토스」에서 페드르가 코로스에게 한 이야기들을 옮겨 놓고 있다.

**외논**

그야 여부가 있겠습니까. 저는 두 분 다 불쌍합니다.
어떤 두려움도 마마의 두려움보다 더 지당하진 않겠지요.
한데 왜 그분들을 그런 모욕으로 내모시렵니까?
어찌하여 마마에게 불리하게 돌아갈 증언을 하시렵니까?
이제 끝장이군요. 사람들은 말하겠지요, 대역죄인 페드르가
배신당한 남편의 모습이 두려워 피했다고요.
이폴리트는 좋겠습니다. 마마가 목숨을 돌보지 않고
스스로 죽어 가며 자기 진술을 뒷받침해 주니 말입니다.
마마를 고발하는 그자에게 제가 뭐라 응수해야 하지요?
저는 그자 앞에서 쉽사리 당황하고 말 터인데요.
그자가 끔찍한 승리를 만끽하는 것을 보게 되겠지요,
들으려는 사람 누구에게나 마마의 수치를 떠벌리는 것도요.
아, 차라리 하늘의 불길이 나를 집어삼켜 버렸으면!
어쨌든 절 속일 생각일랑 마세요, 아직도 그가 좋으세요?
그 거만한 왕자를 마마는 어떤 눈으로 보십니까?

**페드르**

내 눈에는 그가 소름끼치는 괴물로 보인다.

**외논**

그런데 왜 그자에게 완전한 승리를 안겨 주시렵니까?
마마는 그자가 두려우신 게죠. 그럼 먼저 고발하세요.
오늘 그자가 마마에게 뒤집어씌울 수도 있는 그 죄목으로요.

누가 반박할까요? 모든 게 그자한테 불리한 증언을 해요.[109]
다행히도 마마의 수중에 남겨진 그자의 검,
지금 넋이 나간 마마의 모습, 과거의 괴로움, 890
예전부터 마마의 항의로 심상찮은 예감을 지녔던 아버지,
마마의 청으로 이미 얻어 냈던 그자의 유배까지 말예요.

### 페드르

나, 나더러 감히 무고한 자를 음해하고 박해하란 말이냐?

### 외논

제 열성에는 그저 마마의 침묵만이 필요할 뿐입니다.
마마처럼 두려움에 떨면서 저도 약간의 가책을 느낍니다. 895
죽을 고생을 하는 일일지언정 이보단 빨리 나섰을 겝니다.
하지만 이 참담한 치유책이 아니면 마마를 잃게 될 것이고,
마마의 생명은 제겐 무엇에도 양보할 수 없는 것입니다.[110]
제가 말씀드릴게요. 테제 왕은 제 고변에 격노하시겠지만
아들을 추방하는 것으로 복수를 끝내실 겁니다. 900
아버지는 벌을 내릴 때에도, 마마, 여전히 아버지니까요.
가벼운 형벌이면 그분의 노여움에 충분합니다.
하지만 무고한 피가 뿌려져야만 한들,

---

109 세네카의 유모가 한 조언을 옮겨 놓은 것이다. 〈(……) 우리가 먼저 그 끔찍한 범죄를 저지르려 했는지, 아니면 우리가 그것을 당한 건지, 잘못이 알려지지 않았는데 어떤 증인이 그것을 알 수 있겠어요?〉(「파이드라」, 496~497행)

110 에우리피데스의 유모로 다시 돌아온다. 〈이제 문제는 마마의 생명을 구하는 전쟁을 하는 것이니 비난할 것은 아무것도 없습니다.〉(「히폴리토스」, 496~497행)

위협받는 마마의 명예가 요구 못 할 게 무에 있겠습니까?
감히 위태롭게 하기에는[111] 너무나 소중한 보물이니까요.     905
명예가 마마께 어떤 법을 명하든, 거기에 따르셔야 합니다,
마마, 위험에 처한 우리의[112] 명예를 구하기 위해서는,
모든 것을 바쳐야 합니다. 심지어 덕성조차도요.
누가 와요. 테제 왕이 보입니다.

### 페드르

                아! 이폴리트가 보인다.
저자의 거만한 눈에 나의 파멸이 새겨져 있구나.     910
네가 원하는 대로 하여라, 네게 나를 맡긴다.
내가 처한 혼란 속에서 난 날 위해 아무것도 할 수 없구나.

---

111 원문 표현은 〈commettre〉로 〈위태롭게 하다〉, 〈위험에 처하게 하다〉라는 의미로 사용되었다.
112 현대에 출간된 많은 판본에서는 〈notre(우리의)〉 대신 〈votre(당신의)〉로 되어 있는 것을 볼 수 있는데, 라신 살아생전 출간된 판본들에서는 모두 〈우리의〉로 되어 있다. 그럼에도 여기서 유모인 외논이 페드르뿐만 아니라 자신의 명예가 위태롭게 되었다고 말하고 있는 점은 특기할 만하다.

## 제4장

테제, 이폴리트, 페드르, 외논, 테라멘

**테제**

불행이 나의 소원에 반하기를 멈추었소,
부인, 이제 당신의 품에…….

**페드르**

        멈추세요, 테제,
그토록 멋진 감격의 기쁨을 욕되게 하지 마세요. 915
저는 이제 그리도 다정한 친절을 받을 자격이 없어요.
당신은 모욕당했어요. 질투심 많은 운명이
당신의 부재중에 당신의 아내를 내버려 두지 않았어요,
당신을 기쁘게 할 수도, 당신께 다가갈 자격도 없기에,
지금부터는 이 몸을 숨길 궁리만을 할 수밖에요. 920

## 제5장

테제, 이폴리트, 테라멘

**테제**

네 아비에게 이 해괴한 영접이 대체 무엇이란 말이냐,

아들아?

**이폴리트**

  페드르만이 이 비밀을 설명할 수 있습니다.
하나 제 간절한 소원이 아버님의 마음을 움직일 수 있다면,
전하, 제발 그분을 다시는 보지 않게 해주세요.
청하건대 두려움에 떠는 이폴리트가 영원히925
왕비님의 처소에서 사라지게 해주십시오.

**테제**

네가, 내 아들이, 날 떠난다고?

**이폴리트**

        전 그분을 뵈려 하지 않았어요,
이곳으로 그분의 발걸음을 인도하신 건 아버님이십니다.
전하, 전하께서는 떠나시면서 트레젠의 연안에
아리시와 왕비 마마를 맡기셨습니다.930
저는 그분들을 보살피는 임무까지 떠맡았습니다.
하지만 이제 무슨 책임이 남아 발길을 늦추겠습니까?
젊은 몸이 숲 속에서 무위도식하면서
비루한 적들에게나 솜씨를 보이는 건 이제 충분합니다.
마땅치 않은 한가로움을 떨쳐 버리고, 제기935
보다 명예로운 피로 제 창을 물들여야 하지 않겠습니까?
아버님께선 지금의 제 나이도 채 안 되었을 때,

벌써 한둘이 아닌 폭군과, 난폭한 괴물들 여럿이
아버님 팔의 완력을 느끼게끔 만드셨지요.
그때 벌써 불손함을 벌하는 고마운 박해자로서    940
아버님은 두 바다 사이의 해변들을 평정하셨지요.
자유로운 나그네는 더는 모욕을 두려워하지 않았습니다.
에르퀼은 아버님의 무훈에 대한 명성에 안도하며[113]
벌써부터 그의 일을 아버님께 의지하게 되었지요.
그런데 전, 그토록 영광된 부친의 알려지지 않은 아들이자,   945
제 어머니의 자취를 따라가기에도 아직 멀었습니다.
이제 제 용기가 전념하여 힘을 발휘할 수 있게 해주세요.
어떤 괴물이 용케도 아버님을 피해 갈 수 있었다면,
제가 당신의 발치에 그 영예로운 가죽을 가져오거나,
아니면 멋진 죽음으로 오래도록 기억되어    950
그토록 고귀하게 마감한 삶을 영원하게 하고,
아버님의 아들임을 후세에 길이길이 증명하게 해주세요.

### 테제

이게 어찌된 일인가? 대체 어떤 공포가 이곳에 퍼져서
내 식구들이 혼비백산하여 내 눈앞에서 도망치는 것이냐?
내가 돌아온 것이 그토록 두렵고, 원치 않던 것이라면,   955
오 하늘이여! 왜 감옥에서 나를 끌어냈단 말인가?
내게는 단 하나의 벗이 있었다. 그의 무분별한 열정이

---

113 원문은 〈*sur le bruit de vos coups*〉로 〈당신의 무훈에 대한 명성(영광스러운 소문)에〉로 해석된다.

에피르의 폭군에게서 그 아내를 빼앗으려 했었지.
내키지 않았지만 하는 수 없이 그의 연애 계획을 도왔다.
그러나 분노한 운명이 우리를 둘 다 눈멀게 하였구나.   960
그 폭군은 무기도 없이 무방비 상태였던 나를 잡아들였다.
피리토위스를 보았다, 눈물을 흘려 마땅한 가엾은 그이가,
이 야만인에 의해 잔인한 괴물들에게 넘겨지는 것을,
그놈이 불쌍한 인간들의 피를 먹여 키운 괴물들에게.[114]
그놈은 나 역시도 어두운 지하 동굴 속에 가두었다.   965
혼백들이 나라와 인접해 있는, 아주 깊은 장소에.
신들은 여섯 달이 지나서야 마침내 나를 봐주었다.
나는 나를 감시하던 간수의 눈을 속일 수 있었다.
나는 이 위험천만한 원수 놈을 자연에서 제거해 버렸다.
그놈 자신도 제가 키운 괴물들의 먹이가 되었지.   970
그래서 내가 감격에 벅차 이제 곧 신들이
내게 주신 가장 소중한 이들을 만나려니 했던 차에,
아니, 마침내 자기 자신에게로 돌아온 내 영혼이
그토록 값진 만남을 실컷 맛보려고 하는 순간에,

---

114 몰로스의 왕은 자신의 딸에게 구혼하는 자들로 하여금 케르베로스라는 별명을 가진 자신의 개와 대결하게 했다. (이 민족들이 기르는 개는 그 야만성으로 이름이 나 있었다.) 『플루타르코스 영웅전』의 「테세우스의 일생」을 보면 다음과 같은 이야기가 나온다. 〈하지만 피리토위스가 자신의 딸을 달라고 청혼하러 온 것이 아니라 그녀를 납치하러 왔다는 사실을 알게 되자, 그는 피리토위스를 테제와 함께 포로로 잡아들였다. 이어 피리토위스는 즉시 자신의 개에게 던져 갈기갈기 찢기게 히고, 떼세는 좁은 감옥에 감금하였다.〉 라신이 딸을 아내로 대체한 것에 대해서는 서문의 주12를 참조할 것. 최초의 지옥 하강 신화에서 라신은 사후 세계로부터의 귀환이라는 초자연적인 분위기를 유지하고 있다.

나를 맞이하는 것이라고는 떨고 있는 모습뿐이로구나.   975
모두가 피하고, 모두가 나의 포옹을 거부하는구나.[115]
나조차 내가 불러일으킨 공포를 느끼게 되니,
차라리 아직 에피르의 감옥에 있는 것이 더 나았을 성싶다.
말하라. 페드르는 내가 모욕당했다고 한탄한다.
누가 날 배신한 것이냐? 어찌하여 처벌하지 않은 것이냐?   980
수많은 순간 내 팔에 의지했던 그리스가,
죄인에게 은신처를 제공하기라도 했단 말이냐?
너는 전혀 대답이 없구나. 내 아들, 내 친아들이
나의 적들과 한통속이라도 된단 말이냐?
들어가자. 나를 짓누르는 의혹을 품고 있을 수는 없다.   985
죄가 무엇인지 죄인이 누구인지 한꺼번에 밝힐 것이다.
페드르는 와서 왜 그리 동요하는지 설명해야 할 것이다.

---

115 「미트리다트」 제2막 제1장에 등장하는 시구 〈다른 데서는 모두가 나를 버리고, 여기서는 모두가 나를 속이는가?〉가 연상된다. 테제의 장광설은 이미 죽을 뻔했고 죽은 것으로 간주된 후에 돌아와 그 옆에서 안식을 구하고자 했던 사람들(아내와 아들)의 배신을 의심하는 미트리다트의 독백에 나타난 환멸의 감정을 발전시키고 있다.

# 제6장

이폴리트, 테라멘

**이폴리트**
날 공포로 얼어붙게 한 그 말은 대체 무얼 향한 것이었나?
페드르는 여전히 극도의 광증에 휩싸여서
자기 죄를 인정하고 스스로 파멸하려는 심산인가? 990
맙소사! 왕께서는 뭐라 하실까? 얼마나 치명적인 독을
사랑은 그분의 집안 전체에 퍼트려 놓았단 말인가!
나조차도 그분의 증오가 용인치 않는 불길에 사로잡혔으니,
예전에 그분이 봤던 나는 어떠했고, 지금은 또 어떠할까!
어쩐지 불길한 징조가 나를 짓눌러 온다. 995
하지만 어떻든 결백하니까 겁낼 것도 없겠지.
가자, 다른 곳에서 찾아보자, 어떤 다행스러운 묘수로
내가 아버지의 자애로움을 움직일 수 있을지,
그리고 어떻게 말씀드릴까, 그분이 방해하려 하시겠지만,
그분의 온갖 권력으로도 결코 흔들리지 않을 이 사랑을. 1000

# 제4막

# 제1장

테제, 외논

### 테제

아! 이게 무슨 소리냐! 배신자, 그 파렴치한 놈이
감히 아비의 명예에 그런 치욕을 안기려 했었다고?
운명아, 너는 대체 얼마나 가혹하게 나를 뒤쫓는 것이냐!
내가 어디로 가는 건지, 어디에 있는 건지 모르겠구나.
오, 자애여! 오, 제대로 보답받지 못한 선의여! 1005
무엄한 계획이로다! 가증스러운 생각이로다!
그 시커먼 사랑의 목적을 이루겠다고
이 방자한 놈이 완력까지 빌리려 했었다니.
난 그 검을 알아보겠다, 그놈의 미치광이 짓에 사용된 도구,
보다 고귀한 일에 쓰라 손수 갖춰 주었던 바로 그 검이로다. 1010
모든 혈연의 끈들도 그놈을 제지하지 못했단 말인가?

그런데도 페드르는 놈을 처벌하는 것을 지체했다고?
페드르가 침묵으로 죄 지은 놈을 살려 주었어?

### 외논

페드르는 오히려 가엾은 아버지를 살리신 것이지요.
사랑에 미쳐 날뛰는 자의 의도가 수치스럽고, 1015
당신의 눈에서 불붙은 죄 많은 불길이 치욕스러워,
죽어 가고 있었습니다, 전하, 자기 손으로 목숨을 끊어
당신 눈의 결백한 빛을 꺼트리려 하였지요.
그분의 팔이 올라가는 걸 보고, 제가 뛰어가 살려 냈습니다.
오직 저만이 전하의 사랑을 위해 그분을 지킬 수 있었지요. 1020
그분의 혼란과 전하의 근심이 둘 다 너무 가슴 아파서,
저도 모르게 그분이 흘린 눈물의 이유를 대신 전했습니다.

### 테제

불충한 놈! 낯짝이 하얗게 질리지 않을 수 없었을 테지.
내게 다가올 때 두려움으로 몸을 떠는 것이 보였어.
그놈이 전혀 기뻐하지 않는 것을 보고 의아했었다. 1025
그놈의 냉담한 포옹이 나의 다정함을 얼어붙게 했지.
한데 그놈을 집어삼킨 그 죄 많은 사랑은,
아테네에서부터 이미 고백되었던 것이었나?

### 외논

전하, 왕비님의 탄식을 상기해 보소서.

사악한 사랑이 그분의 증오를 불러일으킨 것입니다. 1030

### 테제

하면 이 불길이 트레젠에서 다시 시작되었다는 말이냐?

### 외논

저는 모두 말씀드렸습니다, 전하. 저간의 일들을요.
왕비님을 극심한 고통 속에 혼자 계시게 해선 아니 됩니다.
물러가서 왕비님 곁에 있도록 허락해 주십시오.


## 제2장[116]

테제, 이폴리트

### 테제

아! 놈이 오는구나. 신이시여! 저 고상한 몸가짐[117]을 보면 1035
어떤 눈이라도 내 눈과 같이 속지 않을 수 있겠는가?

---

116 『페드르와 이폴리트』가 책으로 출판되기 전에 나온 『페드르와 이폴리트 비극에 대한 논고』에 따르면, 무대 위에서 초연될 당시 제1장이 끝나고 제2장이 시작되기 전에 테제의 통탄을 담은 독백이 끼어 있었던 것으로 보인다.

117 마찬가지로 『페드르와 이폴리트 비극에 대한 논고』에 따르면, 초연 당시 무대에서는 〈고상한 몸가짐noble maintien〉이 아니라 〈정숙한 몸가짐chaste maintien〉이라는 대사로 공연을 하였다. 그런데 〈정숙한〉이라는 표현이 동성애적인 해석의 여지를 주었기 때문에, 라신은 관객들이 이를 조롱하는 것을 피하기 위해 급히 단어를 교체한 것으로 보인다.

천륜을 저버린 불경한 간통자의 이마 위에
미덕의 성스러운 표지[118]가 빛나야 한단 말인가?
차라리 확실한 징표로 신의 없는 자들의 속마음을
알아차리도록 하는 것이 낫지 않겠는가?[119] 1040

**이폴리트**

감히 여쭈어도 되겠습니까, 대체 어떤 불길한 암운이
전하, 전하의 용안에 어두운 그늘이 지게 하였습니까?
제 성심을 보시어 연유를 말씀해 주시지 않으시렵니까?

**테제**

불충한 놈, 감히 어디라고 내 앞에 나타날 생각을 하느냐?
용케도 너무 오랫동안 벼락을 면한 괴물, 1045
내가 대지에서 제거했던 불한당들의 불순한 잔재로다.
혐오스럽기 그지없는 사랑의 열정으로 가득 차
자기 아비의 침상까지 그 광분을 끌고 간 연후에,
네놈이 감히 내 앞에 원수의 낯짝을 들이밀고,
네놈의 파렴치로 가득한 장소에 모습을 나타낸단 말이냐, 1050
어디 아무도 모르는 하늘 아래

---

118 원문은 〈*le sacré caractère*〉로 직역하자면 미덕의 〈신성한 특징〉인데 여기서는 미덕의 〈성스러운 표지〉로 해석해야 한다.
119 라신은 여기서 에우리피데스의 극 중 이폴리트의 첫 번째 대사가 끝난 후 테제가 했던 긴 지적을 요약하고 있다. 〈인간들에게는 친구를 알아볼 수 있고, 그들의 생각을 알 수 있고, 누가 진정한 친구인지, 누가 그렇지 않은지를 알 수 있게 하는 어떤 확실한 징표가 있어야만 하리라.〉(「히폴리토스」, 925~927행)

내 이름이 미치지 않는 나라들을 찾아가려 하지 않고.
썩 물러가지 못할까, 배신자. 여기 와 내 증오를 자극하면서,
간신히 참고 있는 노여움을 시험하려 하지 마라.
내게는 영원히 지우지 못할 치욕만으로 족하다                    1055
바로 이리도 사악한 아들을 세상에 내놓은 죄.
나에 대한 후세의 평판[120]에 또 다른 수치가 될 네 죽음이
내 고귀한 업적의 영예를 더럽히지 않아도 말이야.
물러가라. 만일 네놈이 즉각적인 징벌을 받아
이 손으로 처단한 악당들 무리에 보내지길 원치 않는다면,      1060
명심하렷다, 결단코 우리를 비추는 태양이
이곳에 무엄한 발을 내딛는 네놈을 보아선 아니 될 것이다.
물러가라 않느냐, 다신 돌이키지 말고 걸음을 재촉해,
내 나라 어디에서도 네놈의 끔찍한 꼴이 보이지 않게 해라.[121]
그리고 그대, 넵튄, 그대여, 지난날 나의 용맹으로              1065
그대의 해안에서 추악한 살인자들을 싹 쓸어 주었을 때,
기억하라, 만족스러웠던 내 수고에 대한 대가로
내 첫 번째 소원을 들어주기로 약속했다는 사실을.[122]

---

120 원문 표현은 ⟨ma mémoire⟩로 문자 그대로 ⟨나의 기억⟩이지만 여기서는 ⟨내가 나에 대해 남기게 될 기억⟩을 의미한다.

121 ⟨어서 이 땅에서 나가 유배지로 가거라, 그리고 다시는 신들이 세운 아테네로, 나의 창이 다스리는 나라의 경계선으로도 돌아오지 마라.⟩(에우리피데스 「히폴리토스」, 973~975행)

122 몇몇 전설에서는 테제가 포세이돈(넵투누스)의 아들로 여겨진다는 사실을 상기하자. 실제로 17세기에 『페드르와 이폴리트 비극에 대한 논고』의 저자는 테제를 그렇게 부르고 있다. 또한 에우리피데스와 세네카의 작품에서 (라신은 여기서 이 둘을 종합하고 있다) 테제는 넵튄을 ⟨아버지⟩라고 부르며 그에게 간청하고 있

오랫동안 잔인한 감옥에서 처참한 생활을 하는 중에도
나는 그대가 지닌 불멸의 능력을 간청하지 않았었다.   1070
그대의 배려에서 기대하는 도움이 차마 쓰기 아까웠기에
더 큰 필요를 위해 소원을 아껴 두었었다.
오늘 그대에게 간청하노니, 불행한 아비의 복수를 해다오.
내가 이 배신자를 그대의 분노에 내어 주리라.
놈의 뻔뻔스러운 애욕을 놈의 피로 억눌러 주기를.   1075
테제는 그대의 격분에서 그대의 선의를 알아볼 것이다.


### 이폴리트

사악한 사랑으로 페드르가 이폴리트를 고발하다니!
너무도 끔찍해서 기가 막히고 넋이 빠지는구나,
예기치 못한 수많은 충격들이 한꺼번에 내리치니
할 말을 앗아 가고, 목소리조차 나오질 않는다.[123]   1080


### 테제

배신자, 네놈이 감히 바랐단 말이냐, 비겁한 침묵으로
페드르가 네놈의 난폭한 파렴치를 묻어 줄 거라고.
도망치면서 버리고 가지 말았어야지
왕비의 손에 남아 네놈의 죄를 고발하는 그 검을 말이다.
아니면 차라리 네놈의 불충을 끝까지 밀고 나가   1085

다. 한편 에우리피데스와 세네카는 물론, 그들의 후계자들에게서는 라신의 경우와 달리 테제가 넵튄에게 청할 때 이폴리트는 그 자리에 없는 것으로 되어 있다.

123 〈나는 놀라움으로 충격을 받았다. 상식에서 나오는 너의 말에 어안이 벙벙해진다.〉(에우리피데스 「히폴리토스」, 934~935행)

단칼에 왕비에게서 말도 목숨도 빼앗아 버리든가.

### 이폴리트

그토록 시커먼 거짓말에 분노가 치밀어 오르니,
제가 여기서 진실을 밝히는 것이 마땅할 것입니다,
전하. 하나 전하와 관계된 비밀이기에 은멸하고자 합니다.
제가 함구하는 이유가 존경 때문임을 알아주십시오.[124]       1090
그리고 전하께서도 친히 번민을 키우려 하지 마시고,
제 삶을 살피시고, 제가 누구인지를 생각하십시오.
큰 죄에는 늘 소소한 죄들이 앞서기 마련입니다.
합법의 경계를 넘을 수 있었던 자만이
결국 가장 신성한 도리마저 저버릴 수 있습니다.       1095
미덕이 그러하듯 죄에도 단계가 있는 법이니까요.[125]
결단코 그 누구도 소심한 결백이
갑자기 극단적인 방탕으로 넘어간 예는 보지 못했습니다.
하루아침에 고결한 인간이

---

124 라신의 작품을 편집한 여러 편집자들이 이 두 행을 질베르의 「이폴리트」에 나오는 두 행과 관련시키고 있는데, 질베르의 작품에서는 완전히 다른 맥락에서 〈관련된*touche*〉과 〈함구하게 하는*ferme la bouche*〉이 프랑스어로 운을 맞추고 있다. 사실상 이 두 단어는 17세기 연극에서 운을 맞추기 위해 짝으로 흔히 사용되던 것이다. 그러한 예는 로트루의 「안티고네」에 뿐만 아니라 라신의 이전 작품 「브리타니퀴스」와 「베레니스」에도 나온다.

125 필시 생레알Saint-Réal의 유명한 소설 『돈 카를로스*Don Carlos*』(1672)의 한 구절을 각색한 것으로, 이 소설의 주제는 「페드르와 이폴리트」와 공통점을 지니고 있다. 〈누구도 갑자기 불한당이 되지는 않는다. 엄청난 악의가 머릿속에 처음 떠올랐을 때 바로 그 악의를 실행에 옮기는 것은 누구에게라도 불가능한 일이다. 미덕이 그러하듯 범죄에도 단계적으로 도달하는 법이다.〉

파렴치한 살인자요, 비열한 근친상간범이 되진 못합니다.  1100
정숙한 여장부의 품에서 자라난 저는
어머니 혈통의 근본을 결코 부인한 적이 없습니다.
모든 인간들 가운데 현자로 추앙받는 피테가
어머니의 손을 떠난 이후로 저를 가르쳤습니다.
제 자신을 지나치게 미화할 생각은 추호도 없습니다.  1105
하오나 혹여 어떤 미덕이 제 몫으로 떨어졌다면,
전하, 믿건대 그것은 무엇보다 제게 감히 뒤집어씌우려는
바로 그 죄에 대한 증오를 만천하에 드러낸 것입니다.
이폴리트가 그리스에 알려진 것도 그 때문이니까요.
저는 그 덕성을 가혹할 정도로 밀고 나갔습니다.  1110
연모의 감상 따위에 흔들림 없이 엄격한 절 누구나 압니다.
일광도 제 마음속보다 더 순수하지는 못할 것입니다.
그런데 그런 이폴리트가 불경한 정념에 사로잡혔다니…….[126]

### 테제

그래, 네놈의 죄는, 비열한 놈, 바로 그따위 잘난 오만이다.
네놈이 그리 냉정히 굴었던 추악한 이유를 이제야 알겠다.  1115
오직 페드르만이 네놈의 추잡한 눈을 사로잡았던 게야.[127]
그래서 다른 어떤 여인에게도 무심했던 네놈의 영혼은

---

[126] 〈제가 전적으로 결백한 것이 있다면, 그것은 바로 당신이 저를 죄인으로 생각하시는 바로 그 부분입니다.〉(에우리피데스, 「히폴리토스」, 1002행)

[127] 필시 질베르의 「이폴리트」에서 영감을 받았을 논증으로, 여기서 테제는 아들을 다음과 같이 비난한다. 〈네놈이 모범적인 생활을 해온 것은 사실이다. 하지만 네놈은 그것으로 간통을 덮을 수 있으리라 생각했겠지.〉

순수한 사랑으로 불타오르는 것을 경멸했던 게지.

**이폴리트**

아니요, 아버지, 이 마음은 (더 이상 감출 수가 없네요)
결코 순결한 사랑으로 불타오름을 경멸하지 않았습니다. 1120
이제 아버님께 저의 진짜 죄를 고백하겠습니다.
사랑합니다, 사랑해요, 사실입니다, 아버지가 금하셨건만.
아리시가 제 연심을 그녀의 법에 묶어 두었습니다.
판랑트의 딸이 아머시의 아들을 정복했습니다.
그녀를 사모합니다, 제 마음이 아버지의 명을 거역하여 1125
한숨짓고 타오를 수 있다면 오직 그녀를 위해서입니다.

**테제**

그 아이를 사랑한다고? 맙소사! 아니, 너무 빤한 술책이로다.
네놈이 죄인임을 자처해 죄가 없다 주장하려는 게지.

**이폴리트**

전하, 지난 반년 동안 그녀를 피했고, 사랑해 왔습니다.
떨리는 맘으로 전하께 그 사실을 직접 아뢰고자 왔습니다. 1130
한데 세상에! 그 무엇도 전하를 미망에서 끌어낼 수 없나요?
어떤 무시무시한 맹세를 해야 안심하실 수 있겠습니까?
땅과 하늘, 그리고 자연 전부를 걸어야…….[128]

---

[128] 에우리피데스의 각색.

### 테제

항시 흉악범들은 하나같이 위선에 기대는 법이지.
닥쳐라, 그만둬, 그런 성가신 연설 따위는 듣고 싶지 않다,   1135
네놈의 거짓 미덕을 받쳐 줄 다른 지원군이 없다면 말이다.

### 이폴리트

아버님께는 저의 덕성이 가짜로, 계략으로 보이는군요.
페드르는 마음속으로 제게 더 정당한 평가를 내릴 겁니다.

### 테제

아! 네놈의 파렴치에 분노가 솟구치는구나!

### 이폴리트

저를 어디로, 얼마 동안이나 유배 보내려 하시는 겁니까?   1140

### 테제

네놈이 알시드의 언덕 바깥으로 꺼져 버린다 해도,
내게는 불충한 놈을 두기에 너무 가까울 것이다.[129]

### 이폴리트

아버님이 의심하시는 끔찍스러운 죄를 뒤집어쓰고,

---

129 헤라클레스의 기둥 너머(지브롤터 해협)는 다시 말해 그리스인들이 아는 세상의 끝 너머라는 의미이다. 〈네놈의 얼굴이 내게 너무도 끔찍하니, 할 수만 있다면 대서양 바다와 경계 너머로 가거라.〉(에우리피데스, 「히폴리토스」, 1053~1054행)

아버님도 저를 버리시는데 어느 친구가 절 동정하오리까?

### 테제

가서 벗들을 찾아보아라, 흉측한 존경심으로 1145
간통을 영예롭게 여기고, 근친상간을 칭송하는 자들을,
배신자들, 배은망덕한 자들, 명예도 법도 모르고,
네놈처럼 나쁜 놈을 보호해 줄 만한 놈들을 말이다.[130]

### 이폴리트

여전히 제게 간통이니 근친상간이니 말씀하시는군요?
제가 입을 다물지요. 하지만 페드르는 그 어머니의 딸이고, 1150
그 혈통입니다, 전하, 전하께서도 너무 잘 아시겠지요,
제 혈통보다 더 무시무시한 일들로 가득한 혈통이란 것을.

### 테제

무어라! 네놈이 미쳐 날뛰더니 감히 못 하는 말이 없구나?
마지막으로 말하건대, 내 눈앞에서 사라져라.
썩 꺼지라니까, 배신자. 성난 아비가 1155
치욕스럽게 예서 네놈을 끌어내랄 때까지 기다리지 말고.[131]

---

130 〈히폴리토스: 이런 불쌍한 꼴을 하고 어디로 간단 말입니까? 그런 비난을 받고 도망쳤는데 제가 어떤 주인의 처소에 들 수 있겠습니까? 테세우스: 남의 아내를 유혹하는 놈들과 가정의 범죄에 자신을 내맡기는 놈들을 보호하려는 자들이 있지 않느냐.〉(에우리피데스, 「히폴리토스」, 1053~1054행)

131 〈여봐라, 이놈을 당장 여기서 끌어내지 못할까? 이미 오래전에 이놈이 추방됐다 말한 것을 듣지 못하였느냐?〉(에우리피데스, 「히폴리토스」, 1084~1085행)

## 제3장

**테제(혼자서)**

불쌍한 놈, 너는 돌이킬 수 없는 파멸을 향해 가는 거다.
신들에게조차 가차 없는 강을 두고[132] 넵튄이
내게 약속한 바 있으니, 이제 곧 실행에 옮겨지리라.
복수의 신이 뒤를 쫓을 것이고, 네놈은 그것을 피할 수 없다. 1160
나는 너를 사랑했었다. 너의 모욕에도 불구하고
너 때문에 벌써 오장육부가 무클해져 들어오는 게 느껴진다.
하지만 너는 내가 벌하지 않을 수 없게 해놓았다.
결단코 어떤 아비가 그보다 더한 능욕을 당했겠느냐?
나를 짓누르는 고통을 보고 있는, 의로운 신들이여, 1165
내가 정녕 그리도 죄 많은 자식을 낳았단 말인가?


## 제4장

페드르, 테제

**페드르**

전하, 공포감에 두려워 이렇게 마마 앞에 나왔습니다.[133]

---

132 지옥의 강인 스틱스 강을 말한다. 스틱스 강의 이름을 걸고 한 맹세를 지키지 않으면 신들조차도 혼수상태로 9년을 보내고, 다시 9년을 올림포스 산에서 추방된 채 지내야 하는 벌을 받았다.

133 라신이 이폴리트를 변호하기 위해 페드르를 개입시킬 생각을 하게 된 것은

당신의 무서운 목소리가 제게까지 들려왔습니다.
위협으로 하신 말씀이 곧바로 실행될까 봐 겁이 납니다.
아직 시간이 있다면, 마마의 혈육을 살려 주소서.     1170
마마의 혈통을 존중하세요, 감히 청하옵니다.
그의 피 소리의 호소에 소스라치지 않도록 해주세요.[134]
부디 제게 영원한 고통을 안기려 하지 마세요
부친의 손으로 그 피를 흘리게 했다고 말입니다.

### 테제

아니오, 부인, 내 손은 내 혈육의 피로 물들지 않았소.     1175
하지만 이 배은망덕한 놈이 날 피해 간 것은 결코 아니오.
불사의 신의 손이 그놈의 파멸을 책임지고 있소.
넵튄이 그리 해줄 테고, 당신의 복수는 이루어질 것이오.

### 페드르

넵튄이 그리 해준다니요! 아니, 성이 나 청한 소원을…….

### 테제

뭐요, 그 소원이 이루어질까 봐 벌써 걱정을 하는 것이오?     1180
차라리 나의 정당한 소원에 힘을 보태시오.
그놈의 악랄한 죄상을 낱낱이 고해 보란 말이오.

질베르 덕분인데, 질베르의 작품에서는 상당히 긴 이 장면이 향후 극 행동의 전개에 아무런 반향도 미치지 못하고 있다.
134 아벨의 살해 이후 카인에 대한 신의 노함을 상기시키는 성서적 이미지이다. 〈네 아우의 피가 땅에서 나에게 울부짖고 있다.〉(「창세기」, 4장 10절)

너무 느리고, 억제된 내 분노의 감정을 달구어 주시오.
당신은 그놈의 죄를 모두 아는 게 아니오.
제 분에 미쳐 날뛰며 당신을 욕하기까지 합디다. 1185
그놈 말로는, 당신의 입이 중상모략으로 가득 찼다 하오.
그놈이 아리시가 제 마음과, 맹세를, 가졌다 하더란 말이오,
그녀를 사랑한답니다.

### 페드르

예? 마마?

### 테제

                내 앞에서 그리 말하였소.
하지만 나는 그따위 경망스러운 술수를 물리칠 줄 아오.
넵튄의 신속한 재판을 기대해 봅시다. 1190
내가 친히 그의 제단 아래로 가리다.
가서 불멸의 약속을 서둘러 지켜 달라고 빌겠소.


# 제5장

### 페드르(혼자)

그가 나가는구나. 대체 어떤 소식이 내 귀를 후려치는가?
어느 덜 꺼진 불길이 내 마음속에서 다시 피어오르는가?
이 무슨 날벼락인가, 오, 하늘이여! 무슨 비통한 말인가! 1195

나는 그의 아들을 살리려 날다시피 달려왔는데,
겁에 질려 붙드는 외논의 팔을 뿌리치고 나와
나를 짓누르는 양심의 가책을 따랐었는데.
누가 알랴, 그 뉘우침이 나를 어디로 끌고 갔을지?
어쩌면 내 죄를 자백하려고 마음먹었을지도 몰라, 1200
아마도 목이 메어 말문이 막히지 않았다면,
끔찍한 진실이 내 입에서 새어 나왔을지도 모르는 일.
이폴리트는 감정이 있구나, 하나 내겐 무엇도 못 느낀다고!
아리시가 그의 마음을 가졌나고! 그의 맹세를 가졌다고!
아, 신이시여! 그 냉혹한 자가 내 고백을 들으며 1205
그리도 오만한 눈으로, 그리도 두려운 얼굴로 무장했을 때,
나는 생각했었지, 여전히 사랑에 대해 꼭 닫힌 마음이
어떤 여인에게든 똑같이 무장되어 있을 거라고.
그런데 다른 여인이 그의 오만함을 꺾었어.
다른 여인은 그 잔인한 눈에서 매혹을 찾을 수 있었구나. 1210
어쩌면 그자는 끌리기 쉬운 마음을 가졌을지도 몰라.
나만이 그가 참아 줄 수 없는 유일한 대상인 거야.
그런데도 내가 그를 지키자고 나서는 수고를 해야 할까?

# 제6장

페드르, 외논

**페드르**

외논아, 내가 방금 무슨 얘기를 들었는지 아느냐?[135]

**외논**

아뇨, 하지만 솔직히 말씀드리자면, 떨면서 달려왔습니다.   1215
마마를 그리 뛰쳐나가게 한 의도 탓에 창백하게 질렸어요.
왕비님을 치명적인 위험에 빠트릴 그 광기가 두려웠어요.

**페드르**

외논, 누가 믿을 수 있었겠니? 나에게 연적이 있었다.

**외논**

뭐라고요?

---

135 동일한 상황(그녀 역시 방금 테제, 그러니까 그녀가 〈완벽한 영웅〉이라 생각했던 이가 자기를 배신했다는 사실을 알게 됨)에서, 토마 코르네유 작품의 주인공 아리안은 자기 동생인 페드르에게 이렇게 말한다. 〈아, 내 동생아, 내가 지금 무슨 말을 들었는지 아니?〉(「아리안」, 제2막 제7장). 비록 이 시구가 그리 특별한 것은 아니지만, 라신이 이어지는 다음 장에서 아리안의 질투 어린 광기를 환기시킨다는 점을 감안하면 둘 사이에 어떤 영향이 있음은 확실해 보인다.

**페드르**

      이폴리트가 사랑을 한대, 그걸 의심할 수 없구나.
누구도 길들일 수 없었던 야생의 적이,  1220
존경이 모욕이 되었고, 애원이 귀찮게 했던,
이 야수가, 나는 결코 두려움 없이 다가설 수 없었건만,
유순해지고, 길들여져서 정복자를 알아보았다는 거야.
아리시가 그자의 마음에 이르는 길을 찾았다는구나.

**외논**

아리시요?

**페드르**

      아, 여태 느껴 보지 못했던 괴로움이여!  1225
또 어떤 새로운 고통이 내게 남겨져 있었나!
내가 겪어야 했던 모든 것, 내 두려움, 내 격정,
내 사랑의 불길에서 나온 분노, 끔찍했던 양심의 가책,
그리고 잔인하게 거부당한 참을 수 없는 모욕까지도
고작해야 지금 당하는 고통의 시시한 연습에 불과했구나.  1230
서로 사랑한다고! 무슨 수를 써서 내 눈을 속였지?
서로 어떻게 만났던 거야? 언제부터? 어디서?
넌 알고 있었구나. 한데 왜 내가 착각하도록 놔두었느냐?[136]
저들의 은밀한 사랑을 내게 알려 줄 수는 없었느냐?

---

[136] 원문의 표현으로 하자면 〈어찌 내가 유혹되도록 *séduire* 놔두었느냐?〉인데 의미상 〈유혹되다〉는 〈잘못 생각하다〉, 〈착각하다〉로 해석해야 한다.

함께 얘기하고, 서로를 찾는 것을 종종 보았다더냐? 1235
숲 속 깊은 곳으로 몸을 숨기러 갔었다더냐?
슬프구나! 저들은 무람없이 서로를 만났었구나.
하늘은 저들이 하는 사랑의 탄식을 순수하다 여기었어.
저들은 아무런 가책 없이 사랑이 이끄는 대로 따랐겠지.
모든 날이 저들에겐 환하고 청명하게 밝아 왔겠구나. 1240
한데 난, 삼라만상의 가련한 폐물이 되어,
태양 앞에서 몸을 감추고, 빛을 피해 도망 다녔다.
죽음만이 내가 감히 간청할 수 있었던 유일한 신.
나는 숨이 끊어지는 순간을 기다렸었다,
쓰디쓴 담즙을 양분 삼고, 눈물을 마시며. 1245
불행 가운데서도 가까이서 지켜보는 눈이 많아,
나는 눈물 속에 마음껏 빠져 있을 수도 없었구나,
나는 그 비통한 쾌락조차 떨면서 맛보았다.
그리고 태연한 얼굴 아래 걱정을 숨기고,
너무도 자주 눈물마저도 삼켜야 했었다.[137] 1250

---

[137] 『페드르와 이폴리트 비극에 대한 논고』의 저자는 앞의 제5장에 나온 페드르의 독백을 분석하면서, 여기 제6장 1237행부터 시작되는 긴 독백의 대부분을 요약하고, 그에 주석을 달고 있다. 그러므로 이 연극이 초연되고 아직 작품으로 출간되지 않았을 때에는 이 독백이 훨씬 짧았고, 1234행이나 1236행에서 멈추었을 것으로 짐작된다. 향후 라신은 제5장의 독백에서 이 부분을 떼어 내 하나의 장광설로 만듦으로써 외논과 하는 대화의 일부분을 대화 상대자에게서 점차 고립시켜 주인공이 일종의 짧은 한탄을 하는 장면으로 변모시켜 놓았다. 이후 1264행부터 1290행까지 이어지는 페드르의 대사 부분도 마찬가지이다.

**외논**

그들이 이 헛된 사랑에서 무슨 결실을 얻겠습니까?
이제 만나지도 못할 텐데요.

**페드르**

                그래도 계속 사랑하겠지.
내가 말을 하는 이 순간에도, 아 견디기 어려운 생각이여!
그들은 사랑에 미쳐 정신 나간 여자의 광기를 자극하고 있다.
그들을 갈라놓게 될 유배에도 불구하고,                              1255
서로 헤어지지 않겠다는 맹세를 수없이 하고 있을 거야.
아니, 난 나를 모욕하는 저들의 행복을 용납할 수 없다,
외논. 질투에 사로잡힌 나의 분노를 불쌍히 여겨 다오.[138]
아리시를 없애야 할 것이야. 내 남편에게 일러
이 가증스러운 핏줄에 대해 진노하게 만들자.                        1260
그가 가벼운 형벌에 만족해서는 아니 될 것이다.
누이의 죄는 오라비들의 죄를 넘어선다.
격한 질투의 열정으로 내가 그에게 간청하리라.

---

138 여기까지 이어지는 여섯 행은 토마 코르네유의 비극에 나오는 아리안의 분노를 묘사한 두 구절을 합쳐 놓은 것이다. 〈이 끔찍한 모욕을 당한 후, 내 동생이 나의 분노의 원인임을 알게 된 순간, 나의 연적과 배신자는 나의 실수를 이용하여 도망을 치고 승리를 만끽하며 나의 광분을 자극하는구나.〉, 〈아마도 지금 이 순간 그자는 내 연적의 발치에서 내 마음을 휘모는 이 헛된 계획을 비웃고 있겠지. 어쩌면 둘 다…… 아 하늘이여! 네린, 들리는 것을 듣지 못하게, 보이는 것을 보지 못하게 해다오.〉(「아리안」, 제5막 제5장). 라신은 「바자제」의 성공 이후에 부르고뉴 극단의 샹멜레 양Mlle de Champmeslé이 연기하여 큰 인기를 얻었고, 그녀의 주요 레퍼토리 중 하나로 남아 있던 아리안의 역할에 대해 잘 알았음이 분명하다.

뭐하는 거지? 내 이성은 어디서 길을 잃으려는 게야?[139]
내가 질투를 해! 그것도 테제에게 애원을 한다고!   1265
내 남편이 살아 있는데, 아직도 사랑으로 불타오르다니!
누구를 위해? 내 사랑의 맹세는 어디를 향하는 거지?
한 마디 한 마디에 이마 위의 머리칼이 곤두서는구나.
나의 죄는 이제 도를 넘었다.
나는 숨 쉴 때마다 근친상간을, 모함을 뿜어내는구나.[140]   1270
복수를 하기에 급급한 살인자의 손은
무고한 핏속에 잠기고자 안달을 하는구나.
불쌍한 것! 그런데도 살아 있어?[141] 그러고도 살아서
나를 낳아 준 신성한 태양을 보고 있다고?
신들의 아버지이자 지배자가 나의 조상이시다.   1275
하늘이, 온 우주가 나의 선조들로 가득한데.

139 아리시를 죽이겠다고 생각하다가 금방 접고 마는 페드르의 이런 모습은 여전히 아리안의 광증을 환기시킨다. 〈아리안: 자, 가자, 네린. 아테네로 날아가자. 가서 그녀에게 약속된 것에 신속하게 장애물을 놓자. 그녀는 아직까지 희망했던 데에는 이르지 못했을 거야. 그녀의 죽음, 오로지 그녀의 죽음, 그것도 잔인한 죽음만이……. 네린: 괴로움을 진정시키세요. 고통이 대체 분노를 어디까지 이끌고 가나요?〉(「아리안」, 제5막 제5장) 라신은 또한 트리스탕 레르미트Tristan L'Hermite의 라 포스타를 모델로 삼기도 했는데, 그녀는 아버지 콩스탕탱을 통해 젊은 처녀 크리스프를 가볍게 처벌하는 것에 머무르지 않고, 주인공이 사랑한 크리스프에게 독약을 보낸다.

140 원어는 〈*respirer*〉인데 여기서는 앞서 745행에서 사용된 것과는 달리 숨 쉴 때마다 입김처럼 〈온 존재로부터 근친상간과 중상모략을 내뿜는다〉는 의미이다.

141 「미트리다트」의 여주인공 모님이 한 것과 똑같은 한탄이다. 1694년, 자신의 「영혼을 위한 성가Cantiques spirituels」 2편과 관련하여 부알로에게 보낸 편지에서 라신은 자신이 페드르의 입에 담게 했고, 〈사람들이 좋은 대사라고 생각했던〉 이 〈불쌍한 것〉이라는 단어에 대해 언급한다.

어디로 몸을 숨길까? 지옥의 어둠 속으로 도망가자.[142]

무슨 말인가? 아버지가 명부에서 유골함을 들고 계시는데.[143]

운명의 신이 그분의 준엄한 손에 그것을 맡기었다지.

미노스는 저승에서 모든 망자들을 심판하신다.                    1280

아! 겁에 질린 그분의 혼령이 얼마나 몸서리를 치실까,

그분이 눈앞에 나타난 자신의 여식을 보실 때,

수없이 많고 다양한 대죄들을 고하고,

아마 저승에서도 듣지 못한 죄들을 고해야만 할 때?[144]

뭐라 하실 건가요, 아비지, 이런 끔찍한 광경을 보시면?[145]   1285

142 세네카의 「파이드라」 도입부 중 유모가 페드르에게 했던 비난에서 영감을 얻은 부분이다. 〈마마의 죄를 아버지께도, 어머니의 조상이신 태양에게도, 신들의 아버지에게도 숨길 수 없을 겁니다. 마마는 늘 죄책감을 느끼며 시달리게 될 테니까요.〉 라신은 여기에다 「추도의 기도Office des morts」와 「디에스 이레Dies irae (진노의 날 봉헌송)」에서 차용해 온 요소들을 통합시킴으로써, 자기 잘못에 대한 수치에 사로잡히고, 최후의 심판에 대한 생각으로 공포를 느끼는 페드르를 만들어 냈다. 마찬가지로 〈어디에 숨을까?〉라는 부분 역시 앞서 인용한 세네카의 구절보다는 「추도의 기도」에 나오는 한 구절 〈당신의 진노의 눈길 피해 갈 곳 어디이리까?〉를 옮겨 놓은 것이며, 마찬가지로 1289행의 〈용서하세요〉 역시 「디에스 이레」의 한 구절 〈신음하고 간청하나이다〉를 떠올리게 한다. 태양과 하늘과 미노스가 신의 자리를 차지하는 이러한 이방 신화와 기독교 예식의 삼투 작용을 통해 라신은 자기가 창조한 인물의 가책을 비극에서 흔히 나오는 범죄자들의 통상적인 회한 이상의 것으로 승격시키고 있다.

143 저승에서 유골함을 들고 있는 미노스의 이미지는 「아이네이스」에서 따온 것이다.

144 「디에스 이레」에서 자신의 창조주 앞에 나서면서 두려움에 떠는 것은 피조물이다. 반면 여기서는 재판관 자신이 자기 딸의 엄청난 범죄 앞에서 두려움에 떨고 있다. 그리하여 17세기에 사시Sacy가 프랑스어로 번역한 「디에스 이레」의 한 소절, 즉 〈아, 이 무서운 판관 앞에서 무어라 대답할까?〉는 여기서 반대로 바뀌어 있다.

145 근친상간이 너무나 큰 죄라서 이방의 나라에서도 알지 못한다는 생각은

당신의 손에서 무시무시한 단지가 떨어지는 것을 봅니다,
당신께서 전에 없던 형벌을 궁리하시면서,
친히 당신 혈육의 형리가 되시는 것을 봅니다.
용서하세요. 잔인한 신이 당신의 가문을 파멸시켰습니다.
당신 여식의 광분에서 그의 복수를 알아보세요. 1290
아아! 끔찍한 죄의 수치가 나를 뒤쫓건만,
내 가련한 마음은 결코 그 열매를 얻지 못하였구나.
마지막 숨을 내쉴 때까지도 불행에 쫓겨 다니다,
이제 나는 번뇌 속에서 고단한 삶을 돌려주련다.[146]

### 외논

세상에나! 물리치세요, 마마, 그런 당치 않은 두려움은. 1295
보세요, 다른 눈으로, 용서받을 수 있는 잘못입니다.
마마는 사랑을 하세요. 누구도 운명을 거스를 순 없어요.
마마는 치명적인 매력에 이끌려 여기까지 온 거예요.
그래 그것이 어디 들어 본 적 없는 놀라운 일이랍니까?
사랑에 패한 사람이 어찌 마마뿐일까요? 1300
인간이라면 약점은 지극히 자연스러운 것이지요.
인간인 이상 마마도 인간의 운명을 따르세요.[147]

바오로의 「고린토인들에게 보낸 첫째 편지」에 나온다. 〈여러분 가운데 음행하는 자들이 있다는 소문이 파다합니다. 심지어는 제 아비의 처와 동거하는 자까지도 있다고 하는데 그런 일은 이교도들 사이에서도 볼 수 없는 일입니다.〉(5장 1절)
146 앞서 주137에서 언급했던 바대로 1237~1250행처럼 여기서도 똑같은 지적을 할 수 있다. 다시 한 번 말하지만 작품이 초연될 당시에는 〈불쌍한 것! 그런데도 살아 있어?〉부터 이어지는 이 독백의 뒷부분 역시 제6장의 페드르의 독백 부분에 속해 있었던 것이다.

마마는 오래전부터 있어 온 멍에를 불평하고 계세요.
신들조차도, 올림포스에 거주하는 신들조차도,
그토록 무시무시한 소리로 범죄를 단죄하는 그분들도,[148] 1305
때로는 부당한 연모의 불길을 태웠습니다.

**페드르**

그게 무슨 말이냐! 감히 내게 무슨 충고를 하려는 것이냐?
그러니 네가 끝까지 내게 독을 먹이려는 심산이구나,
이 불행한 여사야? 네가 어떻게 나를 파멸시켰는지 봐라.[149]
내가 피했던 빛으로 나를 돌려놓은 건 바로 너였다. 1310
너의 애원이 나의 의무를 망각하게 만들었어.
이폴리트를 피했었는데, 네가 그를 보게 만들었다.
대체 어쩌려고 그랬느냐? 어찌하여 그 불경스러운 입으로
그를 모함하여 감히 그의 삶을 더럽히려 하였느냐?
그는 아마도 그 때문에 죽을 것이다, 이성을 잃은 아비의 1315
신성한 소원이 아마도 이루어졌을 테니까.
이제 네 말은 듣지 않으련다. 물러가, 혐오스러운 괴물아.
가버려, 가련한 내 운명에 대한 걱정은 내가 할 테니.

---

147 이 부분은 에우리피데스의 「파이드라」에서 페드르가 고백을 하고 난 직후 유모가 했던 말이다. 〈사랑하신다고요? 그야 뭐 놀랄 일인가요? 다른 많은 사람들도 똑같은걸요.〉 이어지는 4행은 신들조차도 희생양이 되고 마는 베누스 여신의 힘에 관한 긴 설명을 요약하고 있다.
148 범죄자를 처벌하기 위해 벼락이 내리칠 때 동반되는 천둥소리.
149 〈친구들을 파괴하는 가련한 것, 네가 나를 어찌 만들어 놓았는지 보아라. 내 혈통의 아버지이신 제우스 신이 너를 벼락으로 내려치기를!〉(에우리피데스, 「히폴리토스」, 682~684행)

정의로운 하늘이 네게 합당한 벌을 내리기를.
네게 내려진 형벌이 영원히 떨게 하기를                    1320
너처럼 비열한 계략으로,
불행한 왕자들의 약점을 살찌우고,
그들의 마음이 이끌리는 비탈길로 몰고 가서,
감히 그들 앞에 범죄의 길을 평평하게 닦아 놓는 자들을,
가증스러운 아첨꾼들, 하늘의 분노가                        1325
왕들에게 내릴 수 있는 가장 치명적인 선물을.[150]

### 외논(혼자서)

아, 맙소사! 저분을 섬기느라 뭐든 다 했고, 다 떠나왔건만.
그래, 이것이 그 대가란 말인가? 결국 모두 내 탓인 것을.

---

150 비극에서 아첨꾼들의 간언에 의해 불행이 야기되는 것은 전통적인 주제이다. 하지만 이는 또한 에우리피데스의 페드르에게 정념을 따르라고 충고한 유모와 코러스에게 하는 비판이기도 하다. 〈귀가 솔깃한 간언들이야말로 잘 다스려진 도시와 인간들의 거주지를 파괴하는 것이다.〉

# 제5막

## 제1장

이폴리트, 아리시, (이스멘)[151]

**아리시**

아니 이런 위험천만한 상황에서 어찌 침묵하십니까?
왕자님을 사랑하는 아버지를 오해 속에 두실 겁니까?    1330
야속한 분, 제 눈물도 대수롭지 않게 여기시고
기꺼이 저를 두 번 다시 보지 않으시겠다면,
가세요, 비탄에 잠긴 아리시를 떠나가세요.
하지만 떠나시더라도 적어도 목숨만은 보존하세요.
수치스러운 비난으로부터 명예를 지켜 내고,    1335
아버님께서 청원을 거두시도록 애를 쓰세요.

---

151 어떤 판본에서도 여기서 이스멘의 이름을 언급하지 않는다. 하지만 아리시가 그녀를 부르는 말로 미루어 제2장에 등장하는 그녀가 제1장에서 나눈 말을 다 들었다는 것을 알 수 있다.

아직 시간은 있어요. 대체 왜요? 어쩔 요량으로
왕자님을 모함한 자가 뜻대로 하게 두시는 거죠?
테제 왕에게 밝히세요.

### 이폴리트

아! 내가 말하지 않은 게 무엇이오?
내가 그분 침상이 욕보여진 것을 만천하에 알렸어야 했소? 1340
내가, 그분께 사실을 지나치게 소상히 아뢰어,
아버님 얼굴이 당치 않은 홍조로 붉어지게 했어야만 하오?
단지 당신만이 이 추악한 비밀을 알고 있소.
내 마음을 토로할 곳은 오직 당신과 신들뿐이오.
당신껜 숨길 수 없었으니, 내가 당신을 사랑함을 알 거요, 1345
나 자신에게도 감추고 싶었던 모든 것을 말이오.
하나 그것을 털어놓으며 어떤 당부를 했는지 기억해야 하오.
잊어 주오, 할 수만 있다면, 내가 당신께 얘기했단 사실을,
공주. 결단코 그토록 순수한 입이
이리도 끔찍한 사건을 말하려고 열리지 않기를 바라오. 1350
신들의 공평함에 기대를 걸어 봅시다.
그들에겐 나를 옹호해야 할 많은 이유들이 있소.
페드르는 언젠가 죗값을 치를 것이고,
마땅히 받아야 할 치욕을 피할 수 없을 것이오.
이것이 그대가 존중해 주기를 바라는 유일한 요구요. 1355
나머지는 나도 분노가 치미는 대로 행하리다.
당신이 처해 있는 예속의 상태에서 나오시오.

용기를 내어 나를 따르시오. 나의 도망 길에 동행해 주오.
이 불길하고 타락한 장소를 벗어나시오,
덕성이 독에 물든 공기를 들이마시는 이곳을. 1360
그대가 황급히 떠나는 걸 감추려 한다면,
나의 실총으로 빚어진 혼란의 틈을 이용하면 되오.
내가 그대의 도주를 도울 수단을 마련하리다,
지금까지 그대의 호위병은 내 부하들뿐이지만.
유력한 보호자들이 우리의 명분을 지지해 줄 것이오.[152] 1365
아르고스가 팔을 벌리고, 스파르타가 우리를 부르고 있소.
공통의 벗들에게 우리의 정당한 주장을 들려줍시다.
참지 맙시다, 페드르가 우리 둘의 몰락을 이용해서[153]
아버지의 권좌[154]에서 당신과 나를 쫓아내고,
자기 아들에게 나와 당신의 유산을 약속하는 것을. 1370
기회는 좋소, 이 기회를 잡아야 하오.
어떤 두려움이 당신을 붙잡는 거요? 혹여 주저하시오?
오직 당신을 위한 마음이 내게 이런 용기를 불어넣고 있소.
나는 불길로 타오르는데, 그대의 싸늘함은 어인 일이오?
행여 추방된 자의 뒤를 따라나서기가 두려운 거요? 1375

---

152 원문 표현은 〈prendre notre querelle〉로 〈우리의 명분을 지지하다〉라는 의미로 해석된다. 강력한 보호자인 아르고스와 스파르타는 이폴리트가 지배하고 있는 트레젠과 마찬가지로 펠로폰네소스의 도시들이다.

153 원문 표현은 〈assemblant nos débris〉로 〈우리의 잔해를 모아〉로 직역되지만 여기서는 〈우리 둘 모두 몰락한 것을 이용해서〉 정도로 해석할 수 있다.

154 이폴리트는 테제의 아들이라는 점에서, 아리시는 팔라스의 딸이라는 점에서 둘 다에게 〈아버지의 권좌〉가 될 수 있다.

**아리시**

아아! 그런 유배라면, 왕자님, 제게 얼마나 소중할까요!
그 얼마나 황홀할까요, 당신의 운명에 연결되어
나머지 사람들에게서 잊힌 채 살아갈 수 있다면!
하지만 그토록 다정한 연분으로 맺어지지도 않았는데,
제가 어찌 영예롭게 당신과 도망칠 수 있겠어요?  1380
저도 압니다. 가장 엄격한 명예를 저버리지 않고도
당신 아버지의 손에서 벗어날 수 있다는 것을요.
그것은 제 부모님의 품을 떠나는 것이 아니니까요.
도주란 것은 폭군을 피하는 자들에게 허락된 것이지요.
하지만 저를 사랑하시니, 왕자님. 제 명예가 위태로운…….  1385

**이폴리트**

아니, 아니오, 그대의 평판이야 나도 마땅히 신경 쓰는 바요.
보다 고결한 계획이 나를 당신 앞으로 이끌었다오.
당신의 적들을 피하고, 당신의 남편을 따르시오.
불행 중에서도 자유를 얻었으니, 하늘이 그리 명하기에,
우리의 마음을 주고받는 건 누구에게도 종속되지 않았소.  1390
결혼식이 언제나 횃불에 둘러싸이는 것은 아닐 거요.
트레젠의 성문에, 무덤들 한가운데에,
우리 가문 왕공들이 잠들어 있는 오래된 묘소에,
거짓 맹세를 엄벌하는 무시무시한 신전이 있소.[155]

---

155 원문의 표현은 〈*formidable aux parjures*〉로 거짓 선서 혹은 거짓 선서를 하는 자에게 무시무시한, 끔찍한 곳이라는 의미이다. 나이트R. C. Knight가 지적한

사람들이 함부로 맹세를 하지 못하는 곳이 바로 거기요.　　1395
거짓 맹세를 하는 자는 갑작스레 징벌을 받게 된다오.
다들 거기서 피할 도리 없이 죽을까 봐 저어하니,
거짓에 그보다 더 두려운 재갈은 없소.
거기서, 그대가 나를 믿는다면, 영원한 사랑의
엄숙한 서약을 드리러 함께 갑시다.　　1400
그곳에서 경배하는 신을 증인으로 세웁시다.
그 신에게 우리 둘의 아버지가 되어 달라 부탁합시다.
가장 거룩한 신들의 이름을 두고 맹세하리다.
순결한 디안느[156] 여신과, 존엄한 쥐농[157] 여신,
그리고 내 사랑의 증인이 되어 줄 모든 신이　　1405
나의 성스러운 약속의 맹세를 보증할 것이오.

### 아리시

왕이 오십니다. 피하세요, 왕자님, 서둘러 떠나세요.
저는 출발을 감추기 위해 잠시 더 머무를게요.
가세요, 저에게 충실한 안내자를 남겨 주세요,
저의 수줍은 발걸음을 당신께로 인도할 수 있도록.　　1410

바 있듯, 결혼이 〈횃불〉 없이 이루어질 수 있지만 그 경우 〈신전〉에서 이루어져야 한다는 생각은 전적으로 근대적인 것이다. 사실 그리스인들의 경우에는 그 정반대였다. 그리스인들의 결혼식에서 횃불은 딸이 한 가정에서 다른 가정으로 옮겨 가는 과정이 무사히 이루어지기를 바라는 부모의 마음을 상징하는 것으로 예식에서 절대로 빠질 수 없는 필수석인 요소였다. 그 때문에 〈횃불이 없는 결혼〉은 인정받지 못한 결혼으로 간주되었다.

156* 그리스 로마 신화의 다이애나(아르테미스) 여신.
157* 그리스 로마 신화의 유노(헤라) 여신.

# 제2장

테제, 아리시, 이스멘

**테제**

신이시여, 나의 혼돈을 밝혀 주시고, 내 눈앞에
보여 주소서, 내가 이곳에서 찾고 있는 진실을.

**아리시**

만사에 유념하고, 이스멘, 빠져나갈 채비를 해라.

# 제3장

테제, 아리시

**테제**

어찌 안색을 바꾸고, 당황한 듯 보이오,
공주. 이폴리트가 여기서 무얼 하고 있었소? 1415

**아리시**

전하, 그분은 제게 영원한 작별을 고했습니다.

### 테제

그대의 눈이 이 오만한 반항아를 길들였다지.
그를 처음으로 탄식하게 한 것도 그대의 장한 업적이고.

### 아리시

전하, 저는 진실을 부인하지는 않겠습니다.
그분은 마마의 부당한 증오를 물려받지 않았습니다.                    1420
그분은 결코 저를 죄인으로 취급하지 않았습니다.

### 테제

잘 알겠소, 그자가 그대에게 영원한 사랑을 맹세했겠지.
하나 그 지조 없는 마음을 결코 믿지는 마시오.
그자는 당신 말고 다른 여인들에게도 같은 맹세를 했으니.

### 아리시

그분이요, 전하?

### 테제

        그대는 그놈의 바람기를 잠재웠어야 했소.    1425
어찌 그리 끔찍하게도 나눠 가지는 걸 참았단 말이오?[158]

---

158 『페드르와 이폴리트』가 출판되기 전에 쓰인 『페드르와 이폴리트 비극에 대한 논고』에 따르면, 작품이 초연되던 당시 무대에서는 이 부분의 4행과 다른 버전을 들을 수 있었다고 한다.

**아리시**

전하야말로 어찌하여 내버려 두십니까? 끔찍한 언행들이
그리 아름답게 살아오신 분을 모함하는 것을요?
전하께서는 그분의 마음을 그리도 모르십니까?
어찌 그리도 범죄와 결백을 분별하지 못하십니까? 1430
오직 전하의 눈에만 가증스러운 구름이 덮여
모든 이의 눈에 빛나는 그분의 덕성을 가린단 말입니까?
아! 파렴치한 혀를 놀리는 자들에게 그분을 내맡기시다뇨.
멈추세요. 살인을 부르는 소원을 거두어 주세요.
두려워하세요, 전하, 두려워하세요, 준엄한 하늘이 1435
전하를 미워해서 소원을 들어줄 수도 있으니까요.
종종 하늘은 노여워서 우리의 희생양들을 받아들이지요.
그들의 선물은 때로 우리의 죄에 대한 벌입니다.

**테제**

아니오, 그대가 그자의 죄를 덮어 주려 해도 소용없소.
사랑에 눈이 멀어 천하의 배은망덕한 놈을 편드는 거야. 1440
하지만 나는 반박할 수 없는 확실한 증인들을 믿고 있소.
나는 봤소, 진실한 눈물이 흐르는 걸 똑똑히 봤단 말이오.

**아리시**

조심하세요, 전하. 천하무적인 전하의 손으로
수도 없이 많은 괴물에게서 인간들을 구해 주셨지요.
하나 다 죽지는 않았어요. 전하께서 살려 두셨으니까요. 1445

그중에…… 아드님이, 전하, 더는 말하지 말라고 하시네요.
그분이 끝까지 전하에 대해 지키시려는 존경심을 알기에,
그분을 너무 상심케 하겠지요, 제가 말을 계속한다면.
그분의 신중함을 본받아, 마마의 안전에서 물러가렵니다.
어쩔 수 없이 침묵을 깨지 않기 위해서 말입니다.

## 제4장

**테제(혼자서)**

대체 저 아이는 무슨 생각을 하는 게야? 뭘 감추는 거지
그렇게 여러 번 운을 뗀 뒤, 늘 중단하고 마는 저 이야기는?
저들은 헛된 거짓으로 나를 미혹시킬 심산인가?
둘이서 뜻을 합쳐 나를 불편하게 하기로 작정한 것인가?
한데 내 자신부터 가차 없이 엄격해지려 하는데도,
어떤 애처로운 목소리가 심중에서 절규하는 것인가?
남모르는 연민이 내 마음을 괴롭히고, 뒤흔들어 놓는구나.
다시 한 번 외논을 불러 심문해 보자.
죄의 전모를 보다 소상히 알아야겠다.
여봐라. 가서 외논에게 혼자 이리로 들라 일러라.

# 제5장

테제, 파노프

**파노프**

왕비님께서 무슨 생각을 하시는지 모르겠습니다,
전하. 하오나 그분을 뒤흔드는 격정이 너무나 염려됩니다.
죽음 같은 절망이 그분의 얼굴에 드리워져 있습니다.
창백한 죽음의 빛이 그분의 안색에 완연합니다.
벌써 왕비님의 안전에서 수치스럽게 쫓겨난                          1465
외논은 깊은 바다 속으로 몸을 던졌습니다.[159]
어디서 그런 과격한 행동이 나왔는지는 아무도 모릅니다.
파도가 외논을 우리에게서 영원히 앗아 갔습니다.

**테제**

뭐라 하였느냐?

**파노프**

    그 죽음도 왕비님을 진정시키지 못했습니다.

---

159 라신 이전에 같은 주제로 극을 쓴 작가들 중에서 오직 질베르만이 이 참담한 결과에 책임이 있는 외논을 (라신과 같은 방식으로) 생을 마감하게 했다. 〈바다의 파도 한가운데서 외논은 생을 마쳤습니다. 자기 죄에 대한 죗값을 지불한 것이지요.〉 다만 질베르는 외논의 죽음을 연속적으로 이어지는 이폴리트와 페드르의 죽음 이후 짧게 전달한 반면, 라신은 외논을 제일 먼저 죽게 만듦으로써 테제가 행하는 진실 찾기의 과정에서 드러날 비극적인 분위기를 점차적으로 고조시키고 있다.

그분의 온전치 못한 영혼에 불안이 커져 가고 있습니다.  1470
때로는 남모르는 괴로움을 달래시려는지[160]
자제분들을 붙잡고, 눈물을 퍼부으십니다.
그러다가 갑자기 모정을 거두시고는,
끔찍하다는 듯 멀찌막이 밀어내십니다.
흔들리는 발걸음을 이리저리 되는대로 옮겨 놓으시고,  1475
완전히 넋이 나간 눈은 저희들을 알아보지도 못하십니다.
세 번이나 편지를 쓰셨지만, 생각을 바꾸시고는
세 번 다 쓰다 만 편지를 찢으셨습니다.[161]
그분을 보러 와주세요, 전하. 그분을 살려 주세요.

### 테제

이런 맙소사! 외논은 죽었고, 페드르는 죽기를 원한다고?  1480
내 아들을 다시 불러 오너라, 와서 자기를 변호하게 하라,
와서 내게 말을 하라 일러라, 그 말을 들을 준비가 되었다.
제발 죽음을 부르는 그대의 호의를 서두르지 말아 다오,
넵튄이여. 나는 소원이 결코 이루어지지 않기를 바란다.
아무래도 내가 불확실한 증인들을 지나치게 믿었구나.  1485

---

160 원문 표현은 〈*flatter*〉로 여기서는 〈달래다〉, 〈가라앉히다〉의 의미로 사용되었다.

161 페드르의 정신적 동요를 표현하기 위해 라신은 에우리피데스의 서로 다른 두 작품에서 각기 다른 두 구절을 끌어왔다. 하나는 「메데이아Mēdeia」에서 메데이아가 자기 아이들 앞에서 보이는 모순적인 행동이고, 다른 하나는 「아울리스의 이피게네이아Iphigeneia en Aulidi」 도입부에서 이피게네이아의 아버지 아가멤논이 기록을 위한 작은 판에 글을 쓰고 봉인했다가 봉인을 풀고 마침내 바닥에 던져 버리는 장면이다.

그리고 그대를 향해 내 잔인한 손을 너무 빨리 쳐들었다.
아! 내 소원에 대체 어떤 절망이 따라오게 될 것인가!


# 제6장

테제, 테라멘

### 테제

테라멘 자네인가? 내 아들을 어찌한 것인가?
아주 연약하고 어린 나이부터 그 애를 자네에게 맡겼거늘.
그런데 자네 얼굴에 흐르는 눈물은 대체 무슨 연유인가?  1490
내 아들은 뭘 하고 있지?

### 테라멘

오, 때늦은, 헛된 보살핌이여!
불필요한 자애여! 이폴리트는 이제 이 세상에 없습니다.[162]

### 테제

신이시여!

---

162 〈이제 이 세상에 없습니다〉라는 반구 시행은 에우리피데스 극에서 테제의 질문에 대해 사령이 대답한 첫 번째 대사의 첫 부분을 정확하게 옮겨 놓은 것이다.

### 테라멘

저는 가장 사랑스러운 인간의 죽음을 보았습니다,
감히 덧붙이자면, 전하, 가장 죄가 없는 자의 죽음을요.

### 테제

내 아들이 죽었다고! 뭐라? 내가 그 아이에게 팔을 내미는데,   1495
성질 급한 신들이 그의 죽음을 재촉했단 말이냐?
어떤 사고가 그 아이를 앗아 갔느냐? 어떤 날벼락이냐?

### 테라멘

저희가 트레젠의 성문을 막 빠져나갔을 때였습니다.[163]
그분은 전차를 타고 있었어요. 상심한 호위병들은
그분을 따라 말없이, 주위에 도열하고 있었지요.   1500
그분은 생각에 잠겨 미센느[164] 길을 따라가고 있었습니다.
그분의 손은 고삐가 말 위에서 요동치게 내버려 두었습니다.

---

163 이폴리트의 죽음과 관련된 이 유명한 이야기는 이폴리트와 페드르를 주제로 하는 이야기에서 극 진행상 처음부터 꼭 필요하다고 간주되었다. 에우리피데스 이래로 모든 극시인들은(물론 라신과 프라동을 비롯한 프랑스의 후계자들을 포함해서) 이 이야기를 중요하게 다룰 필요가 있다고 믿었다. 그 결과 이 이야기는 어떤 의미에서 진정한 다시 쓰기 실험의 장이 되었다. 라신은 에우리피데스를 따르면서도 오비디우스(이폴리트가 부활한 후 자신의 죽음을 이야기하는 버전)와 세네카에게서 세부 사항들을 빌려 왔고, 베르길리우스와 질베르의 작품에서도 몇몇 표현법을 끌어왔다 17세기부터 비평가들은 라신이 시적인 것을 위해 자연스러움을 희생시켰다고 비난해 왔다. 이들은 자신들의 몰이해 탓에 고전 비극의 본질적인 차원이 사라져 가고 있다는 사실을 드러내고 말았다.

164* 미케네. 펠로폰네소스 반도 아르골리스에 있던 고대 성채 도시. 미케나이라고도 한다.

예전에 보았던, 그분의 빼어난 준마들은
고상한 열정으로 충만해 그분의 목소리에 복종하였는데,
이제는 눈에 활기가 없고, 머리를 푹 숙인 것이　　　　　　　1505
꼭 그분의 침통한 생각에 순응하는 듯했습니다.
바다 깊숙한 곳에서 솟구쳐 나온 끔찍한 고함 소리가
그 순간 대기의 평정을 깨트렸지요.
대지 한가운데서 무시무시한 목소리가
신음하면서 이 끔찍한 외침에 화답하였습니다.　　　　　　　1510
심장 깊숙이까지 저희들의 피가 얼어붙었지요.
주의 깊은 준마들의 갈기털이 곤추섰습니다.
그때 바다의 너른 평원을 등 뒤로 하고
물줄기가 산더미를 이뤄[165] 거대한 거품이 솟아오릅니다.[166]
파도가 덮치고, 부서지고, 우리 눈앞에 토해 냅니다　　　　1515
거품이 일렁이는 파도 속에서 성난 괴물 한 마리를.
넓은 이마빼기에는 위협적인 뿔이 솟아 있고,
몸통 전체가 누르스름한 비늘로 덮여 있어요.[167]

165 오비디우스의 『변신 이야기』에서 가져온 이미지로, 오비디우스에서는 여기에서처럼 은유법이 아니라 다음과 같이 비교법으로 사용되었다. 〈거대한 물줄기가 산과 같이 둥글어지면서 점점 커지는 것을 보았습니다.〉『페드르와 이폴리트 비극에 대한 논고』의 저자는 〈가장 강력한 수사학에서도 상을 받을 만한〉이 두 행에 대해 길게 조롱한 바 있다.

166* 여기서부터 테라멘의 묘사가 현재형으로 바뀐다. 당시의 모습을 생생하게 전달하기 위한 장치이다.

167 이 부분의 세부 묘사는 질베르에게서 따온 것이다. 〈그 황금색 비늘이 모래 위로 빛났습니다.〉아직까지도 세네카의 작품을 꽤 충실하게 따르던 가르니에의 작품에서는 이것이 다만 〈껄끄러운 비늘〉로 표현되었을 뿐이다.

길들일 수 없는 황소랄까, 맹렬하게 날뛰는 용이랄까,
놈의 엉덩이가 구불구불 주름이 잡히며 꿈틀댑니다.[168]   1520
놈의 긴 포효가 해안가를 진동하게 만듭니다.[169]
하늘은 끔찍해하며 그 사나운 괴물을 바라보고,
대지가 요동치고, 공기가 오염되고,
괴물을 데리고 왔던 파도는, 겁에 질려 물러갑니다.[170]
모두 도망을 치고, 헛된 용기나마 대항해 볼 생각도 없이   1525
저마다 근처의 신선으로 피난처를 찾아 나섭니다.
이폴리트만이 오직 혼자서, 영웅의 아들답게,
말들을 멈춰 세우고, 창을 거머쥐고는,
괴물을 향해 돌진하더니, 확고한 손으로 창을 던져
놈의 옆구리에 커다란 상처를 냅니다.   1530
괴물은 분노와 고통으로 펄쩍 뛰어오르다가
괴성을 내지르며 말들의 발치에 쿵 하고 떨어져,
이리저리 구르며, 말들에게 불타는 아가리를 들이대니,
말들은 불과, 피와, 연기로 뒤범벅이 됩니다.
공포가 말들을 사로잡고, 이제는 귀머거리가 되어,   1535
고삐도 목소리도 도무지 알아듣지 못합니다.[171]

168 이는 트로이 전쟁 때 그리스군의 목마를 트로이 성 안에 끌어들이는 것을 반대했던 트로이의 제관 라오콘을 처벌하기 위해 해신 포세이돈이 보낸 괴물 같은 바다의 뱀 두 마리에 대한 묘사에 정확하게 부합한다.
169 질베르 참조. 〈놈의 포효에 해안가가 소스라쳤다.〉
170 베르길리우스의 흔적. 〈파도는 겁에 질려 물러갔다.〉 이 시구의 과장된 성격을 비판했던 우다르 드 라 모트Houdar de la Motte에 응수하면서, 부알로는 〈페드르를 무대에 올릴 때마다 이 시구는 관객에게 충격적인 것으로 비춰지기는커녕 오히려 큰 박수와 환호를 받았다〉고 쓰고 있다.

헛된 노력으로 애쓰느라 말 주인은 기운이 다 빠집니다.
말들은 피로 물든 거품으로 재갈을 붉게 물들입니다.
사람들이 봤다고 말하길 바로 이 참혹한 혼돈의 순간에
신이 나타나, 가시 돋기로 먼지 덮인 말 옆구릴 찔렀답니다.[172] 1540
두려움이 바위 너머로 말들을 내몹니다.
차축이 날카로운 소리로 부러지고, 불굴의 이폴리트는
부서진 마차가 산산조각으로 흩어지는 것을 봅니다.
그분 역시도 잡고 있던 고삐에 엉켜 떨어지고 맙니다.[173]
저의 괴로움을 용서하세요. 이 처참한 광경은 1545
제게는 영원히 마르지 않는 눈물의 원천이 될 테니까요.
저는 봤습니다, 전하, 전 봤어요. 전하의 불행한 아드님이
손수 키운 말들에게 이리저리 끌려다니는 것을요.
말들을 불러 보지만, 그 목소리에 말이 더 겁을 먹습니다.
말들이 내달립니다. 곧 그 몸 전체는 상처투성이가 됩니다.[174] 1550
우리의 비통한 울부짖음이 바다에 울려 퍼집니다.
마침내 말들의 맹렬한 질주가 점차 느려집니다.
말들이 멈춰 섭니다, 고대의 무덤에서 멀지 않은 곳에,

---

171 질베르 참조. 〈고삐도, 그의 목소리도 더 이상 그들에게 법이 되지 못했다.〉
172 「이피제니」 중 율리시즈의 이야기 마지막에서 경이로운 것을 상정할 때와 똑같은 방식이 사용되고 있다.
173 질베르 참조. 〈떨어지면서 그가 붙잡고 있던 고삐에 엉키게 되었다.〉
174 오비디우스의 번역. 〈모두가 하나의 상처일 뿐이었다.〉 하지만 오비디우스에게 이 구절이 말들에 끌려 다니다가 온몸이 끔찍하게 훼손되어 버린 상황을 구구절절이 이야기하고 난 다음에 내린 결론이었다면, 라신은 반대로 이 말 한 마디로 모든 상세한 이야기와 묘사를 면하게 된다. 그 덕분에 라신은 1557~1558행에서 끔찍한 광경을 간단히 언급만 하고 넘어갈 수 있었다.

왕자님의 선친 왕들께서 싸늘한 몸으로 묻히신 그곳에,
제가 한탄하며 달려갑니다, 호위병들이 제 뒤를 따릅니다. 1555
그분의 고결한 핏자국이 우리를 인도합니다.
바위들이 피로 물들어 있어요. 끔찍한 형상의 가시덤불은
피가 낭자한 그분 머리칼의 잔해를 뒤집어쓰고 있습니다.
제가 당도해서, 그분을 부르니, 제게 손을 내밀며
죽어 가는 눈을 뜨셨다가, 곧 다시 감으십니다.[175] 1560
그분 말씀이, 〈하늘이 내세시 죄 없는 삶을 앗아 가는구나.
내가 죽은 뒤 가엾은 아리시를 보살펴 다오.
친구여, 어느 날 과오를 깨달으신 아버지께서
거짓 누명을 쓴 아들의 불행을 불쌍히 여기시거든,
내가 흘린 피와 한 많은 나의 혼백을 달래기 위해 1565
그분의 포로를 부드럽게 대해 주십사 말씀드려 다오.
그녀에게 돌려 달라고……〉 이를 끝으로 숨을 거둔 영웅은
제 팔에 완전히 엉망이 된 육신만을 남기셨습니다.
신들의 분노가 의기양양한 승리를 거둔 이 가련한 육신,
아버지의 눈으로도 알아보지 못할 육신을요. 1570

### 테제

아! 내 아들아! 내게서 앗아 간 소중한 희망이여!
가혹한 신들아, 나를 위해 지나치게 애를 썼도다!
어떤 치명적인 후회에 내 삶이 맞닥뜨리게 된 것인가!

---

175 비다르 참조. 〈왕자님은 눈을 뜨려고 무진 애를 쓰시며, 눈에 간신히 남아 있던 빛을 저를 향해 돌렸는데.〉(「이폴리트」, 제5막 제3장)

**테라멘**

그때 아리시가 머뭇거리며 도착했습니다.
그녀가 온 것은, 전하, 전하의 노여움을 피해, 1575
신들의 면전에서 왕자님을 남편으로 맞기 위해서입니다.
그녀는 다가옵니다. 와서 연기를 내뿜는 붉은 초원을 봅니다.
그녀는 봅니다. (연인의 눈에 이 무슨 광경이랍니까!)
형체도 없이 핏기도 없이, 누워 있는 이폴리트를.
그녀는 잠시나마 자신의 불행을 의심하고 싶었는지, 1580
자기가 사모하던 이 영웅을 알아보지 못한 채,
이폴리트를 보고도, 여전히 그를 찾습니다.
하지만 결국 그분이 눈앞에 누워 있다는 사실이 확실해지자,
비통한 눈길로 신들을 원망하더니,
싸늘히 식어, 신음하면서, 거의 죽은 사람처럼, 1585
자기 애인의 발치에 혼절하여 쓰러집니다.
이스멘이 그분 옆에 있습니다. 이스멘이 온통 눈물에 젖어
그녀를 생명으로, 아니 오히려 고통으로 돌아오게 부릅니다.
그리고 저는, 저는 빛을 저주하며 이곳으로 왔습니다.
전하께 영웅의 마지막 유지를 전하여, 1590
불행한 임무를, 전하, 완수하기 위해서요.
죽어 가는 그분의 진심이 제게 맡긴 임무 말입니다.
그런데 그분의 철천지원수가 오는 게 보입니다.

# 마지막 장

테제, 페드르, 테라멘, 파노프, 호위병들

### 테제

자, 이제 됐소? 당신이 승리했소, 내 아들은 죽었소.
아, 내가 두려운 건 당연하오! 잔인한 의심이 1595
내 맘속에서 그를 용서하며, 내게 마땅한 경고를 보내오!
하지만, 부인, 그는 죽었으니, 당신의 제물을 받으시오.
부당한, 아니 적법한 그의 죽음을 즐기시오.
내 눈이 영원히 진실을 모른다 해도 나는 상관없소.
그에게 죄가 있다 믿겠소, 당신이 그를 고발하니까. 1600
그의 죽음은 내가 눈물을 흘릴 충분한 거리가 되되,
내가 추악한 진상을 찾으려 할 이유도 없소.
내 괴로움이 아무리 합당한들 그를 돌려줄 수 없고,
아마도 나의 불행만 커지게 할 것이기에.
당신에게서, 그리고 이 땅에서 멀리 떠나 1605
갈가리 찢긴 내 아들의 피범벅 된 모습을 피하게 해주시오.
끔찍한 기억에 시달리고, 혼이 나가서,
나를 온 우주로부터 추방하고 싶은 심정이오.
모두가 나의 부당함에 대항하여 들고일어나는 듯하오.
내 명성마저 나의 형벌을 가중시키오. 1610
사람들에게 덜 알려졌다면 숨는 것도 쉽겠건만.
나는 나를 명예롭게 해주는 신들의 배려까지도 밉소.

그러니 가서 그들이 살생으로 베푼 호의를 통탄하려 하오,
더 이상 부질없는 소원으로 그들을 지치게 하지 않고.
나를 위해 무엇을 한다 해도, 그들의 불길한 선의는     1615
그들이 내게서 앗아 간 것의 값을 치를 수 없을 것이오.

**페드르**

아닙니다, 테제, 부당한 침묵을 깨뜨려야 합니다.
당신의 아들에게 결백함을 되돌려 주어야 해요.
그는 죄를 짓지 않았습니다.

**테제**

　　　　　　아, 불행한 아비여!
당신의 말을 믿고 그 아이를 정죄했건만!     1620
잔인한 여인이여, 당신이 용서될 거라 생각하는⋯⋯.

**페드르**

내게는 한시가 급하니, 내 말을 들으세요, 테제.
내가, 바로 내가, 순결하고 존경심 깊은 아들에게
감히 불경한, 근친상간의 눈길을 던졌습니다.
하늘이 내 마음에 불행을 부르는 불을 질렀어요.[176]     1625
나머지는 가증스러운 외논이 이끌었어요.
그녀는 두려워했어요, 나의 광분을 알게 된 이폴리트가
혐오스러워했던 불길을 폭로할까 봐.[177]

176 세네카의 다섯 행을 옮겨 놓은 것. (「파이드라」, 1192~1196행)

이 사악한 여인은 내가 극도로 약해진 틈을 타
서둘러 당신께 나아가 그를 고발한 것입니다.                    1630
그녀는 그 벌을 받았지요, 나의 노여움을 피해
바다에 몸을 던지는 것으로 너무 가벼운 형벌을 찾았지요.
칼을 썼더라면 벌써 이 목숨을 끊어 주었겠지요.
하지만 나는 의심받은 미덕이 신음하도록 내버려 두었어요.
나는 바랐습니다, 당신 안전에서 마음의 가책을 고백하며,    1635
좀 더 천천히 망자들의 세계로 내려가기를.
나는 삼켜서, 불타는 혈관 속으로 흘려보냈지요.
메데[178]가 아테네에 가져온 독약을 말입니다.[179]

벌써 심장까지 도달한 독이
죽어 가는 이 가슴에 알 수 없는 한기를 끼쳐 옵니다,          1640
벌써 구름을 통해 보듯 뿌옇게만 보입니다.
하늘이, 그리고 나의 존재가 욕보이고 있는 남편이,

---

177 원문에는 〈발견하다〉는 의미의 〈découvrir〉가 사용되었지만, 여기서는 〈알게 하다〉, 〈폭로하다〉로 해석해야 한다.

178* 그리스 신화의 메데이아.

179 에우리피데스의 페드르는 목을 매고, 세네카의 페드르는 검으로 가슴을 찌르는 데 비해, 비다르의 페드르만이 독약을 마신다. 여기서 메데이아의 독은 사랑의 광분이라는 또 다른 독이 흐르는 불타는 혈관을 차갑게 식힌다. 메데이아는 코린토스의 왕과 그 딸을 독약이 묻은 옷을 이용해 독살한 후 그들의 아이들을 죽이고(여기까지의 이야기는 40년 전 무대에 오른 코르네유의 첫 번째 비극의 주제이다), 아테네로 와서 에제의 옆에 피신한다. 그녀는 테제가 에제의 아들로 인정받기 위해 아테네에 왔을 때 그를 독살하려고 한다. 이것이 바로 륄리Jean-Baptiste Lully와 키노Philippe Quinault가 만든 오페라 「테제Thésée」의 주제로, 이 작품은 「페드르와 이폴리트」보다 2년 먼저 파리 관객과 만났다. 어떤 의미에서 라신은 이 오페라에서 편재하지만 결과적으로 사용되지 않았던 독약을 가지고 와 극에 적용함으로써 다시 한 번 서정 비극과 정통 비극 사이의 차이를 드러냈다고 할 수 있다.

이제 죽음이 내 눈에서 밝음을 앗아다가
돌려주는구나. 그것이 더럽혔던 일광에, 완전한 순수를.

**파노프**

왕비님이 숨을 거두십니다. 전하.

**테제**

                        그토록 음험한 행동의    1645
기억마저 그녀와 함께 사라져 버릴 수는 없는가!
가자, 아아! 내 잘못을 너무도 잘 깨달았으니
가서 불쌍한 내 아들의 피에 우리의 눈물을 더하자꾸나.
가서 소중한 아들의 유해를 끌어안고,
내게는 증오스럽기만 한 그 미친 소원을 속죄하자.    1650
그 애가 받아 너무나 마땅했던 명예를 돌려주자.
성난 그의 넋을 달래기 위해,
정당화할 수 없는 집안의 역모에도 불구하고
그가 사랑한 여인을 오늘 나의 딸로 삼으리라.

**역자 해설**
# 루이 대왕의 세기, 고전주의, 라신 그리고 「페드르와 이폴리트」

## 1

「페드르와 이폴리트Phèdre et Hippolyte」에 대해 논하기 전에 먼저 역자가 프랑스 유학 시절 어디선가 들었던 흥미로운 이야기로 이 글을 시작하고자 한다. 얘기인즉슨 〈프랑스하면 떠오르는 가장 위대한 인물은 누구인가?〉라는 질문에 외국인들은 대개의 경우 나폴레옹Napoléon Bonaparte이라고 대답하는 반면, 대다수의 프랑스인들은 주저 없이 루이 14세Louis XIV라고 말한다는 것이다. 그에 더해 프랑스인들은 외국인들이 나폴레옹을 떠올렸다는 사실에 의아하다는 반응을 보내는 경우가 허다하다고 한다. 이는 아마도 코르시카 섬 출신으로 쿠데타를 통해 한때 프랑스 황제 자리에까지 올랐지만 결국 유배지 세인트헬레나 섬에서 쓸쓸하게 생을 마감한 나폴레옹에 대해 프랑스인이 내리는 본토 중심주의적인 평가에서 나온 반응일 것이다. 물론 이 이야기는 사실로 증명된 바도 없고, 어쩌면 그냥 웃고 즐기자는 의미에서 만들어진 믿거나 말거나 식의 이야기일 수도 있다. 그렇다고는 해도 많은 프랑스인들이 우리에게는 생소한 왕 루이 14세를 프랑스를 대표하는 위대한 인물로 꼽았다는 사실은 의외가 아닐 수 없다.

이런 생각에서 출발하여 일단 다음과 같은 단순한 질문을 던져 볼 수 있겠다. 루이 14세가 누구인가? 흔히 태양왕이라는 별칭으로 불리는 그는 뭐니 뭐니 해도 프랑스 대혁명으로 종지부를 찍은 프랑스 왕실에서 가장 오랫동안, 가장 강력한 권력을 누렸던 왕이다. 그는 1643년 부친 루이 13세Louis XIII가 사망한 후 다섯 살이 채 못 된 나이에 왕좌에 올라 1715년 사망할 때까지 무려 72년간 왕으로서 프랑스를 통치했고, 1661년 섭정 모후 안 도트리슈Anne d'Autriche를 대신해 강력한 권한을 행사하던 재상 쥘 마자랭Jules Mazarin이 죽자 〈짐이 곧 국가다〉라는 모토하에 직접 나라를 통치하면서 당시 유럽에서 가장 강력한 절대 군주로서의 지위를 누렸던 인물이니 말이다. 직접 통치를 시작한 젊은 군주 루이 14세는 당대 어느 누구와도 비할 수 없는 절대 권력을 등에 업고, 대외적으로 숱한 전쟁을 일으켜 프랑스의 영토를 넓히고 그 위세를 떨치는 한편, 화려하면서도 우아하고 절제된 궁중 문화를 통해 프랑스 문화의 우위를 유럽 전역에 알리는 전도사의 역할을 한다. 그러니 오늘날 비록 상업과 무역, 커뮤니케이션 영역에서는 영어에 자리를 내준 지 오래지만 프랑스어가 사람들의 뇌리 속에서 여전히 외교와 문화의 언어로 각인되어 있는 것은, 어느 정도는 17세기 후반에 유럽 아니 당시로는 세계를 주름잡던 이 야심에 찬 국왕 루이 14세 덕분이라고 할 수 있겠다. 오랜 통치 기간 동안 잦은 전쟁과 베르사유 궁전의 예처럼 호사스러운 건축 취미로 인해 국가의 재정을 탕진하고 백성들의 삶을 도탄에 빠뜨린 면이 없지 않은데도, 현대의 프랑스인들이 아직까지 루이 14세를 위대한 인물, 적어도 위대한 군주로 기억하는 것은 어쩌면 그가 프랑스인들에게 프랑스가 세계의 중심이었던 황금 시절, 즉 아마도 이제 다시는 돌아올 수 없는 추억의 그 시절에 대한 아련한 향수를 달래 줄 수 있는 인물이기 때문이 아닐까.

## 2

자, 그럼 이제 이 믿거나 말거나 하는 이야기가 우리에게 던져 준 질문의 끈을 잡고 좀 더 멀리 가보도록 하자. 앞에서 언급했듯이 루이 14세가 오늘날에도 여전히 프랑스인들에게 위대한 인물로 인식되고 있다면, 그의 위대함은 과연 어디에 있는 것일까? 당시 유럽 왕실에서 비일비재했던 근친결혼의 여파로 많은 왕들이 선천적인 질환을 갖고 있거나 방탕하고 무절제한 생활과 궁중 암투로 인해 단명하는 신세를 면치 못했던 반면, 루이 14세는 그 누구보다 사치스럽고 향락적인 궁중 생활을 하면서도 72년간 왕좌를 지키며 77세까지 천하를 호령한 다소 예외적인 행운을 누렸던 덕분일까. 아니면 뛰어난 외교 수완과 전쟁을 통해 영토를 확장하고, 특히 합스부르크 왕조에 맞서 유럽 내 프랑스의 영향력을 키우는 데 기여한 공석 때문일까. 하지만 이러한 일들은 개인적으로 보면 다행스럽고 복 받은 일이요, 국가적으로 보면 영광스럽고 자랑스러운 역사일지는 모르지만, 오늘날 시간적, 공간적 거리를 두고 바라보면 그리 특기할 만한 일도, 우쭐할 일도 아닌 것처럼 보이는 게 사실이다. 제아무리 큰 권세와 명예를 지녔다 한들 죽음 앞에서는 모두가 평등하기에 천하의 루이 14세라 해도 이미 저세상 사람이 된 지 오래고, 한 국가의 흥망성쇠 역시 영원히 지속되는 것이 아니기에 지금 프랑스의 위상 역시 17세기와는 비교할 수 없는 것이 되었으니 말이다. 그렇다면 루이 14세의 위대함은 정녕 어디에 있단 말인가? 우리가 보기에 루이 14세가 위대한 군주이고 그의 시대가 〈위대한 세기Grand Siècle〉 혹은 〈루이 대왕의 세기Le Siècle de Louis le Grand〉로 불릴 수 있었던 것은, 무엇보다 그의 통치하에 있던 프랑스에서 뛰어난 유형무형의 문화적 자산이 풍부하게 생산되었고 이것이 프랑스를 대표하는 문화유산이자 전통으로 후대에까지 계승되었기 때문이다. 실제로 루이 14세는 선왕인 루이 13세 시대에 설립된 아카데미 프랑세즈Académie française를 비롯해 음악, 미술, 문학, 금석학 등 다양한 분야의 문화 예술 활동을 관장하는 아카데미들을 설립하였고, 친히 발레에 참여하거나 왕족과 고관대작을 거느리고 빈번하게 연극과 오페라, 음악회 등 공연 예술을 참관함으로써 창작자들의 사기를 높이고, 국가 차원의 메세나 제도를 도입하여 능력 있는 작가와 예술가들이 창작 활동에 전념할 수 있는 길을 터주었다.

그러나 이러한 정책이 당대의 문화 예술에 꽃을 피울 수 있는 토양을 제공한 것이 사실이라 해도, 루이 14세가 시행한 국가 주도의 문화 예술 장려 정책이 장점만을 지녔다고 말할 수는 없을 것이다. 우선 문화 예술 활동이 아카데미를 통해 이루어진다는 것은 달리 말하면 주제나 소재, 기법 측면에서 정형화된 규범을 따를 것을 요구받는 것이며, 이는 창작의 자유를 훼손하고 결국에는 창의성이 결여된 일종의 관제 예술을 양산하게 될 가능성이 높아진다는 것을 의미한다. 루이 14세 사후 18세기 내내 아카데미를 통해 전승된 화법이, 기교는 화려하고 정교하지만 개성은 전혀 없는 소위 〈아카데미즘〉이라 불리는 화풍으로 고착되고만 것이 그 좋은 예가 된다. 뿐만 아니라 공식적으로는 국가적 차원이라고 하지만, 결국에는 국왕의 뜻에 따라 이루어지는 메세나 제도의 혜택을 입은 작가나 예술가가 왕으로 대표되는 기존의 정치 제도와 사회 질서에 감히 저항한다는 것은 어려운 일이기 때문에 결과적으로 다소간 순응적인 태도를 보일 수밖에 없는 것도 사실이다. 당대에 활동하던 많은 작가들이 직접적으로 왕의 성덕과 업적을 칭송하고 찬양하는 글을 남기거나, 그렇지 않을 경우 작품의 서문이나 헌사 등을 통해 왕에 대한 감사를 표현하고 있는 것은 결코 이러한 상황과 무관하지 않을 것이다.

하지만 위대한 작가와 예술가의 영혼은 어떤 불굴의 상황에서도 그 빛을 잃지 않는 법이던가. 그들이 살았던 시대가 요구했던 여러 가지 제약과 한계에도 불구하고 루이 14세 시대의 많은 작가와 예술가들이 이를 극복하고, 아니 때로는 그것의 틀 안에서 눈부시게 아름다운 걸작들을 만들어 낸 것을 보면 말이다. 예컨대 르 보Louis Le Vau와 르 노트르André Le Nôtre 같은 프랑스의 건축가와 정원사들은 16세기 후반부터 이탈리아와 스페인 등지에서 유행하던 화려하고 과시적인 바로크 예술의 영향하에서 그 화려함과 장엄함은 그대로 둔 채 균형과 조화의 미덕을 발휘하여 베르사유 궁전과 같은 빼어난 프랑스 바로크식 건물을 창조했으며, 이탈리아인으로 태어났지만 루이 14세의 은총을 입어 프랑스인으로 귀화한 륄리Jean-Baptiste Lully는 프랑스 작가들과 손을 잡고 이탈리아에 뿌리를 두었지만 이탈리아의 것과는 차별화된 프랑스 오페라, 즉 서정 비극을 창조하였다. 그러나 루이 14세 시대의 문학예술과 관련해 특히 주목해야 할 것은 바로 이 시대에 후일 〈고전주의〉라는 이름으로 불리며 프랑스적 정체성을 구현하는 것으로 여겨지는 문예 사조가 탄생했다는 사실이다. 고전주의란 거칠게 요약하자면 문학과 예술에서 이성, 질서, 중용, 절제, 조화, 보편성과 같은 가치들을 추구하는 가운데 각 장르별 구분을 확실하게 하고 각각의 장르마다 주어진 규칙과 원칙에 충실한 것을 특징으로 하는 문예 사조라고 할 수 있다. 예를 들자면 비극은 비극이고 희극은 희극이지 두 가지 요소가 공존하는 것은 용인하지 않으며, 한 작품 속에서 서로 다른 어조나 문체를 섞는 대신 가급적이면 일관된 스타일을 유지하는 것 등이 그러하다. 또한 같은 연극 작품이라도 일회적이고 즉흥적인 연기나 몸짓, 무용 등에 기대는 것보다는 후에 텍스트화 될 수 있는 대사 위주의 연극을 선호하는 것도 이에 해당할 수 있겠다. 이러한 고전주의 사조는 어찌 보면 왕을 중심으로 신분과 계급별로 권리와 의무, 기능이 분명하게 구분되는 당시의 사회 질서를 유지하고 이를 공고하게 다지고자 했던 루이 14세의 기획에 부합하는 측면이 없지 않다. 프랑스 문학사 혹은 예술사에서 루이 14세가 가까이 두고 총애하던 작가와 예술가들의 작품들이 대개 〈고전주의〉로 분류된다는 사실을 감안한다면, 의식적이든 아니든 루이 14세가 이른바 〈고전주의〉 사조를 자신의 정치적 이상과 야망을 구현해 줄 일종의 도구로 여겼으리라 짐작해 볼 수 있다. 그러나 이러한 정치적 맥락에도 불구하고 여전히 고전주의 작품들 중 일부는 작품 그 자체로 후세에 길이 남을 걸작 중의 걸작이라는 사실을 간과해서는 안 될 것이다. 우리가 지금부터 살펴볼 고전주의 비극 작가 장 라신Jean Racine의 작품들이 그 대표적인 예라고 할 수 있다.

## 3

장 라신은 피에르 코르네유Pierre Corneille, 몰리에르Molière와 함께 흔히 17세기 프랑스 고전주의 연극을 대표하는 극작가 삼인방으로 불린다. 그 가운데 몰리에르가 전적으로 희극 창작에만 전념한 작가였다면, 코르네유와 라신은 둘 다 비극으로 명성을 얻은 작가들이다. 그중 1606년에 출생하여 1637년 비극 「르 시드Le Cid」의 대성공으로 유명세를 탄 후 주로 17세기 전반기에 최고 전성기를 구가한 코르네유에 비해, 1639년생으로 1664년 첫 비극 「라 테바이드La Thébaïde」로 파리 연극계에 데뷔한 라신은 비극이라는 장르에 여러 가지 규칙을 엄격하게 적용할 것을 요구하는 17세기 후반 프랑스 고전주의 시대의 흐름을 그 누구보다 잘, 그리고 자연스럽게 수용하면서 고전주의 규칙 비극을 정점에 올려놓은 작가로 인정받는다. 즉, 코르네유가 스스로 고백하듯 고전주의 규칙을 작가가 지닌 창작의 자유를 얽매는 일종의 굴레로 여기고, 이러한 규칙을 적용해야 하는 상황을 마치 지나치게 몸에 꼭 끼는 옷을 입은 것처럼 불편해했다면, 라신은 그와 달리 자신의 이야기를 엄격한 규칙의 틀에 맞추어 억지로 재단하는 대신 규칙 속에 하고 싶은 이야기를 자연스럽게 녹여 내어 규칙 자체를 잘 맞는 옷으로 탈바꿈시키는 재능이 있었던 것이다. 어떤 의미에서 자기의 때를 만난 행운아라고나 할까. 라신이 활동하던 시기에 프랑스 연극계를 지배하던 고전주의 사조는 진실임직함 vraisemblance의 원칙, 적합성 bienséance의 원칙을 비롯해 시간, 공간, 극 행동의 단일성을 요구하는 소위 삼단일의 원칙에 이르기까지 많은 규칙들을 어려움 없이 어색하지 않게 작품과 융화시킬 줄 알았던 라신에게 그야말로 물 만난 고기마냥 신나게 작업할 수 있는 터전이 되어 주었다고 할 수 있다.

그런데 오늘날 프랑스 문학사에서 무엇보다 고전주의 비극의 대가로 알려져 있고, 소박하면서도 정제된 시어를 알렉상드랭 alexandrin이라는 12음절 시 형식에 담아내면서 프랑스어의 아름다움을 순수성의 경지에 이르게 했다는 평가를 받는 라신이지만, 실제로 그가 파리 연극계를 대상으로 작품들을 무대에 올린 것은 그의 나이 25세부터 38세까지 약 13년간이 전부이다. 라신은 1664년 「라 테바이드」로 파리 연극 무대에 데뷔하기 전인 1659년 르 바쇠르 신부 Abbé Le Vasseur에게 최초의 오드를 보여 주고 의견을 구함으로써 작가의 길로 들어서게 되는데, 이 시기의 대표작은 다름 아닌 국왕 루이 14세의 결혼을 축하하고 그의 병이 완쾌되기를 축원하는 두 편의 오드였으며, 1664년 6백 리브르의 연금을 받게 된 것 또한 이 작품들 덕분이었다. 이후 라신은 작가로서의 유명세와 성공을 빠르게 얻기 위한 방편으로 연극 장르를 선택하였고, 1664년부터 1677년 파리 연극계를 떠날 때까지 모두 아홉 편의 비극과 한 편의 희극을 쓰게 된다. 그 가운데 희극을 전문으로 하는 몰리에르 극단에서 상연되어 관객들로부터 별다른 반응을 얻지 못했던 데뷔작 「라 테바이드」, 그리고 비극 작가로서 그의 이름을 각인시켰지만 아직까지 자신의 색깔을 완전히 드러내지는 못했던 두 번째 작품 「알렉상드르 르 그랑Alexandre le Grand」(1665)을 제외한다면, 1667년 공연되어 공전의 성공을 거둔 「앙드로마크Andromaque」부터 마지막 작품 「페드르와 이폴리트」까지 무대에 올리는 작품마다 잇따라 큰 성공을 거두었고, 그로써 명실상부한 당대 최고의 비극 작가로 우뚝 섰다.

 그렇다면, 대체 어떤 면에서 당대의 관객들은 라신의 비극에 그토록 환호하였던 것일까? 우선 당시 기록들이 전하고 있듯 본인 스스로 훌륭한 목소리의 보유자이자 뛰어난 낭독가였던 라신이 심사숙고 끝에 만들어 낸 주옥같은 대사들이 최고의 배우들의 연기와 발성으로 옮겨지면서 관객들에게 큰 감동을 선사했기 때문일 것이다. 이 배우들 가운데 라신의 많은 작품에서 여주인공 역을 연기했으며 라신의 연인으로도 유명한 샹멜레 양Mlle de Champmeslé은 라신으로부터 직접 발성법을 배우기도 했다는 에피소드가 전해진다. 이와 더불어 라신의 비극 작품들은 앞서도 언급했듯이 극작법이나 극 형식 차원에서 소위 고전주의라는 시대적 요구에 더할 나위 없이 딱 들어맞는 것이었음을 나시 한 번 지적할 필요가 있다. 다시 말해 라신의 작품 속에서 규칙은 제약이 아니었고, 오히려 작품의 창작 원리가 되었던 것이다.

그런데 이러한 특징은 결과적으로 라신 작품에서 발견되는 세 번째 특징과 불가분의 관계를 맺고 있다. 라신의 작품에서 규칙이 극작의 원리가 될 수 있었던 것은 라신이 무대에 올리는 것이 사건이 아닌 정념이었기에 가능했다는 것이다. 즉, 라신의 작품에서 극 행동을 이끌어 가는 것은 사건의 전개 자체가 아니라 출구 없는 상황에서 드러나는 정념의 파괴적 성격 그 자체이며, 통제할 수 없는 정념에 빠진 한 인간이 보여 주는 감정과 영혼의 깊이이다.

이해를 돕기 위해 이를 코르네유 비극과 비교해 보자. 라신의 비극은 흔히 〈의지 비극〉이라 불리는 코르네유의 비극에 반하여 〈정념 비극〉이라 불린다. 즉, 코르네유와 라신은 둘 다 당대의 극작 원칙에 충실하여 대부분 그리스·로마의 역사 혹은 신화에서 인물과 주제를 가져왔고 정념적인 사랑에 빠진 주인공들을 무대에 올렸지만, 정념에 빠진 주인공이 그 정념 앞에서 어떻게 행동하는가 하는 문제에서는 서로 대조를 보인다. 예컨대 코르네유의 인물이 대개 정념적인 사랑과 가문에 대한 의무 혹은 명예 사이에서 고민하면서도 종국에는 이성적 판단과 놀라운 의지, 자제력으로 상황을 타개하고 탁월한 영웅으로 거듭난다면, 라신의 인물들은 스스로 어찌할 수 없는 극심한 정념에 사로잡힌 채 의지의 명령을 수행하지 못하고, 해소할 수 없는 갈등 상황과 정념이라는 내적 명령에 사이에서 끊임없이 갈등하다 결국 이를 극복하지 못한 채 비극적 최후를 맞게 된다. 이때 인물들을 지배하는 내적인 명령이 대부분 사랑의 정념이라는 점에서 라신이 활동하던 시기에 동시대인들로부터 〈부드럽고 달콤하고 갈랑*galant*한[1]

작가〉라는 평을 듣기도 하였다. 사실 라신이 그려 보이는 출구가 보이지 않는 막다른 골목에 다다른 정념이 분출하는 파괴적 힘은 달콤하기는커녕 비극의 주인공은 물론 그 정념의 대상에게도 파국을 초래하는 치명적인 것이다. 주인공의 내면에서 그 자체로 절대적인 것으로 기능하는 정념과 그 정념으로부터 도래하는 돌이킬 수 없는 파국의 양상은 라신의 세 번째 비극 「앙드로마크」에서 시작해 「페드르와 이폴리트」까지 그가 파리 연극 무대에 올린 비극들에서 어느 정도 차이는 있지만 동일하게 반복 변주되는 주제라고 할 수 있다. 하지만 그중에서도 특히 인간이 정념의 노예이고, 그 정념에 사로잡힌 인간은 스스로를 구할 의지도, 능력도 없다는 라신의 비극관이 가장 극명하게, 아마도 미학적인 완성도 차원에서 가장 뛰어나게 드러나 있는 작품은 우리가 이제부터 보다 상세히 살펴보게 될 그의 마지막 세속 비극 「페드르와 이폴리트」라는 것에는 이론의 여지가 없을 것이다.

## 4

라신은 「페드르와 이폴리트」 서문에서 〈이 작품이 내가 쓴 비극 중 가장 나은 작품이라고 아직은 감히 단언하지 않으리라〉고

---

1 갈랑이라는 단어는 17세기 문헌에서 쉽게 찾아볼 수 있는 〈갈랑트리*galanterie*〉라는 용어의 형용사이다. 1690년 출긴된 퓌르티에르 사전은 이를 사람에 대한 자질을 지칭하는 품질형용사로 정의하면서 첫째 〈정중하고 자신의 직업과 관련된 모든 면에서 능통한 신사〉, 둘째 〈마치 궁중에 드나드는 이처럼 호감이 가는 태도를 지녔으며 다른 사람, 특히 여성들의 마음에 들고자 노력하는 사람〉이라는 뜻으로 풀이하고 있다. 당대인들의 라신에 대한 평가는 후자의 의미에 가깝다.

쓰고 있다. 그러나 이러한 겸양을 지닌 표현 직후에 그가 〈이 작품의 진가에 대한 판단은 독자와 시간의 몫으로 남겨두겠다〉는 말을 덧붙이고 있다는 점은 이 작품에 대한 그의 애착과 자부심을 보여 주는 동시에, 이 작품의 진가에 대한 평가가 설령 즉각적이지 않을 수 있어도 언젠가는 반드시 제대로 이루어지리라는 작가의 확신과 자신감을 분명하게 보여 준다. 그리고 그의 이러한 장밋빛 예측과 기대는 물론 빗나가지 않았다. 라신의 「페드르와 이폴리트」는 1677년 초연 당시 동일한 제목으로 동시에 파리의 다른 극장 무대에 오른 프라동Pradon의 작품과 일종의 경쟁 구도를 형성하면서 다소간의 부침을 겪긴 했지만 곧 경쟁작에 비해 뛰어난 작품성을 인정받게 되었다. 그러한 여세를 몰아 1680년 루이 14세의 명에 따라 파리에서 비극을 상연하던 부르고뉴 극장Hôtel de Bourgogne과 게네고 극장Hôtel Guénégaud이 통폐합되면서 새롭게 창설된 코메디 프랑세즈Comédie Française의 개막작으로 선정되는 영광을 누렸다. 이후 라신이 파리의 연극 무대를 떠났음에도 이 작품은 라신의 다른 작품들과 함께 빈번하게 상연되었고, 오늘날까지도 꾸준히 프랑스 연극 무대에 오르는 레퍼토리 중 하나로 남아 있다. 코메디 프랑세즈에서 공연된 연극의 공연 횟수와 수입을 구체적으로 기록해 놓은 자료에 의하면, 18세기 전반의 경우 라신의 비극 작품 중 1백 회 이상 공연된 작품은 「바자제Bajazet」(1672), 「브리타니퀴스Britannicus」(1669), 「미트리다트Mithridate」(1673), 「앙드로마크」, 「이피제니Iphigénie」(1674), 「페드르와 이폴리트」 등 총 여섯 편이었고, 그중 「페드르와 이폴리트」는 모두 269회 공연됨으로써 다른 작품들을 크게 앞지른 것으로 나타났다. 고전극에 대한 관심이 점점 줄어들었던 18세기 후반부터 19세기까지 「페드르와 이폴리트」를 비롯한 라신의 작품들은 공연 무대에서 퇴조했지만 이후 20세기 이른바 연출의 시대가 도래하면서 라신의 비극, 그중에서도 「페드르와 이폴리트」는 또다시 새로운 연극 무대를 꿈꾸는 연출가들이 편애하는 작품으로 부상하게 된다. 또한 한 작가와 작품의 영속화와 평가에 영향을 미치는 교육의 차원에서 볼 때에도, 이 작품은 문학 수업 교재에 실리고 프랑스어 교사 양성을 위한 프랑스 국가시험의 주제에 주기적으로 포함되는 등 고전 작가 라신의 명성을 후세에 전하는 데 그 역할을 다하고 있는 것이다.

자, 그럼 이제부터는 동일하게 정념의 비극이면서도 「페드르와 이폴리트」가 다른 라신 극들과 차별화될 수 있는 지점, 다시 말해 이 작품이 정념을 다룬 비극의 정수로 불리는 이유가 무엇인지를 살펴볼 차례이다. 먼저 앞서 언급했듯이 어떤 작품이든 라신의 비극을 비극으로 만드는 것은 언제나 인물들의 감정적인 요구이고, 그 감정적인 요구 혹은 정념이 출구가 없는 상황에 봉착하면서 주인공들이 파멸하고, 극이 파국으로 치닫게 된다는 점을 상기할 필요가 있다. 그런데 라신의 이전 비극들에서는 이러한 감정적 요구, 즉 정념 자체가 윤리적인 문제를 야기한 적은 없었고, 대개 정치적인 이유로 혹은 여러 인물들이 맺고 있는 사랑의 연쇄 관계 속에서 상대의 거부로 인해 사랑이 좌절되고 그 결과가 파국을 초래하는 단초가 되었던 반면, 「페드르와 이폴리트」에서는 정념 자체가 죄로 인식되며 정죄되어야 할 대상으로 제시된다는 점에서 아마도 결정적인 차이를 찾을 수 있을 것이다. 라신의 말처럼 〈여기서는 사랑에서 연유한 약점이 진정한 약점으로 간주〉되며, 〈정념은 오직 그것이 야기하는 일체의 혼란을 보여 주기 위해서 눈앞에 나타난다〉. 페드르의 정념은 처음부터 죄로 인식되며, 그것도 다른 이가 아닌 페드르 자신에 의해 그렇게 인식된다. 페드르는 〈그 누구보다 먼저 그녀 스스로 그 정념을 혐오스러워하고 있다〉.

여기서 페드르가 가지고 있는 정념에 대한 죄의식은 물론 자신의 의붓아들을 정념의 대상으로 하는 이른바 근친상간적인 사랑이라는 데서 비롯된다. 하지만 이폴리트를 향한 페드르의 정념은 그녀의 의식이 상대를 의붓아들로 인식하면서 사회의 윤리적 잣대를 들이대기 전에 이미 자기도 모르게 탄생하였고, 그와 동시에 그녀의 죄의식 역시 그녀 안에 자리 잡게 된 것이다. 페드르는 이폴리트를 처음 보았을 때의 상황을 이렇게 묘사한다. 〈나는 그를 봤고, 그 모습에 얼굴이 빨개졌고, 창백해졌다.〉 원문을 보면, 이 순간의 절대적 사건성을 강조하기 위해 라신은 이 문장에 등장하는 세 개의 동사(보다, 빨개지다, 창백해지다)를 모두 단순 과거로 표현하고 있다. 이 장면이야말로 페드르가 이른바 〈미노스와 파지파에의 딸〉로서 자신에게 주어진 운명에 정면으로 맞닥뜨리게 되는 순간이라고 할 수 있다. 즉, 파지파에처럼 욕망과 정념의 노예가 되는 동시에 미노스의 이성에 의해 끊임없이 정죄당하고 정념을 끊어 내기 위한 노력을 할 수밖에 없는 비극적인 운명 말이다. 각각 파지파에와 미노스로 대변되는 정념과 이성은 페드르에게 둘 중 어느 하나가 더 중요하거나 더 많은 가치를 지니는 것이 아니며, 경우에 따라 둘 중 하나를 선택할 수 있는 상황적인 논리도 아니다. 페드르가 이폴리트를 처음 본 그 순간부터 그에 대한 욕망과 그 정념을 단죄하는 이성 사이에서 분열될 수밖에 없도록 운명 지어졌다는 점에서, 그녀가 그 정념을 극복하기 위해 행하는 노력이 크면 클수록 그 모든 노력으로도 제어할 수 없는 정념의 깊이 또한 점점 더 깊어진다는 사실은 참으로 아이러니한 것이 아닐 수 없다. 그리하여 페드르가 어떤 대가를 치르너라도 결코 〈떠날 수 없는〉 사랑의 대상인 이폴리트는 그녀에게 〈감히 이름을 부르지도 못하는 신〉이 되어 버린다. 여기서는 극 속에 등장하는 또 다른 금지된 사랑인 이폴리트와 아리시의 경우처럼 사랑하는 자와 사랑하는 대상 사이의 관계가 아니라, 사랑하는 자와 그가 품고 있는 사랑 자체의 관계가 문제가 된다. 페드르의 정념이 라신의 비극 속에 흔히 등장하는 사랑의 정념에 비해 유달리 한없는 크기와 깊이, 말하자면 일종의 초월적 성격을 지닌 것으로 여겨지는 이유가 바로 여기에 있다.

한편 페드르의 정념이 지닌 이러한 초월적 성격은 종국에는 초월적 대상인 신과의 관계를 환기시킨다. 실제로 페드르는 이폴리트에 대한 자신의 사랑이 베누스의 복수에서 시작된 일종의 단죄임을 알고 있고, 라신 역시 서문에서 죄가 되는 페드르의 정념은 〈자기 의지의 발현이라기보다 신들의 형벌임을〉 강조한 바 있다. 이를 뒷받침이라도 하듯 라신의 「페드르와 이폴리트」에는 전작들에 비해 신들이 매우 큰 비중을 차지하고 있다. 등장인물들은 자신들이 처한 상황에서 탈출구를 찾고 어려움을 극복하고자 신들에게 끊임없이 애원하고, 간청하고, 탄원하며, 때로는 아무리 불러 보아도 대답이 없는 신들에 대한 원망과 분노를 쏟아 놓는다. 표면적으로 이 작품에서 환기되는 신들은 태양신과 하늘과 제우스, 베누스, 넵투누스 등 올림포스에 거주하는 이방의 신들이다. 신들이 대개의 경우 복수 명사로 불리는 것은 그런 이유이다. 하지만 페드르와 신들이 맺고 있는 관계는 많은 연구가들이 지적했듯 이방 신들의 이름을 빌리고는 있지만 기독교의 유일신, 더 나아가 장세니즘 사상에서 두드러지게 나타나는 이른바 〈숨은 신〉을 떠오르게 한다. 라신이 주제와 페드르의 성격을 가져온 에우리피데스Euripides의 「히폴리토스Hippolytos」에서 신들은 극 행동에 직접 개입하여 주인공들의 운명을 바꾸어 놓는다. 에우리피데스 비극에서는 아프로디테와 아르테미스가 직접 무대에 등장하며, 아프로디테는 첫 장면에서 앞으로 일어나게 될 모든 일들이 자기를 무시하고 섬기지 않은 히폴리토스(이폴리트)를 벌주기 위해 오래전부터 준비해 온 것임을 천명한다. 그러나 라신의 그 어떤 전작 비극에서보다 신들의 이름이 많이 불리는 「페드르와 이폴리트」에서 신들은 결코 말하지 않으며, 골드만Lucien Goldman 식으로 표현하자면, 그저 숨어서 지켜보고 있을 뿐이다. 어쩌면 여기서 신은 한 인간의 내면에서 불타오르는 정념과 그 정념이 초래하는 비극 따위에는 관심이 없는 것인지도 모른다. 사실 이폴리트에 대한 자신의 사랑을 베누스의 벌이라 말한 것은 베누스가 아니라 페드르 자신이지 않은가. 아무리 노력해도 없어지기는커녕 점점 강도가 세지는 사랑의 정념, 의지와 이성으로 제어해 보려 하지만 지킬 박사에게 하이드가 그랬던 것처럼 통제가 불가능한 괴물 같은 정념 앞에서 페드르는 필시 인간적인 것을 넘어서는 초월적인 것, 즉 신의 모습을 알아보았을 것이다. 감히 인간의 의지와 노력으로 할 수 없는 일이라면 그것은 당연히 초월적인, 신적인 영역에 속한 일일 것이므로. 그리하여 페드르는 이렇게 항변한다. 〈그것은 이제 내 혈관 속에 감춰진 열정이 아니야. 그건 먹이에 찰싹 달라붙은 베뉴스 자체야.〉 그러나 베뉴스 여신을 위해 제단에 향을 피우고 간청해 봐도 여신은 페드르의 청에 응답하지 않는다. 또한 바라보는 것만으로 페드르에게 죄책감을 느끼게 하는 태양은 거기 그 자리에 있지만 말이 없다. 현존하지만 숨은 신. 비극 「페드르와 이폴리트」는 인간적인 노력으로 죄를 벗어나는 것이 불가능한 상황에서 초월적인 신의 도움을 기대할 수도 없기에 오직 살기를 멈추는 것만이 죄를 끊을 수 있는 유일한 길이 되는 비극적인 세계의 적나라한 실체에 다름 아니다. 많은 이들이 라신의 「페드르와 이폴리트」를 장세니즘의 비관주의 혹은 비극적 세계관과 연관시킨 것은 바로 이런 이유에서이다.

## 5

대상 자체 - 이폴리트를 향하는 것이 아니라 정념 자체에 착념하는 페드르의 사랑은 바르트Roland Barthes가 『라신에 관하여 *Sur Racine*』(1963)에서 분석하고 있는 사건으로서의 사랑, 즉 강탈 - 사랑의 특성에 정확하게 부합한다. 바르트는 〈라신에게 있어 동사 《사랑하다》는 본질상 자동사인 듯하다. 주어진 것은 사랑의 대상과 관계없는 힘, 말하자면 행위의 본질 자체이다〉라고 말한다. 공존의 원리에 입각한 지속-사랑은 누군가와의 사랑이다. 사랑이 지속되기 위해서는 사랑의 주체뿐만 아니라 사랑의 대상이 반드시 존재해야 하고 둘 사이의 관계가 전제되어야 한다. 이폴리트와 아리시의 사랑은 정치적인 이유에서는 분명 금지된 사랑이지만 둘은 서로를 사랑하고, 비록 둘만의 조촐한 예식이기는 하나 결혼을 통해 그 사랑이 지속되기를 꿈꿀 수 있는 사랑이다. 반면 페드르의 사랑은 어떤 의미에서 처음부터 대상을 결여한 사랑이다. 말하자면, 페드르가 지닌 정념의 대상이 이폴리트인 것은 맞지만 일단 페드르의 마음속에 둥지를 틀고 앉은 이상, 그 정념은 이제 이폴리트의 동의나 거부, 심지어는 그에 대한 인식 여부와 상관없이 제 스스로 자라고 증식하는 괴물 같은 사랑이 되어 버린 것이다. 여기서 중요한 것은 대상의 이름으로 사랑의 주체를 옭아매고 지배하는 정념이지, 결코 실제의 대상 자체가 아니다. 라신 비극에서 흔히 등장하는 사랑의 형식인 〈*J'aime*〉, 즉, 〈나는 사랑한다〉는 어떤 의미에서 이처럼 대상이 부재하는 사랑의 절대적 용법을 잘 보여 주는 것이라 할 수 있다.

이와 관련하여 페드르의 이야기를 다룬 라신의 비극 제목이 「페드르와 이폴리트」에서 「페드르」로 변경되었다는 사실은 우리에게 시사하는 바가 크다. 사실상 우리가 여기서 번역본으로 사용한 1999년 플레야드 총서에서 출간된 포레스티에 판본을 제외하고는 라신 사후부터 현대에 이르기까지 출간된 대부분의 라신 판본이 「페드르」라는 제목을 달고 있음은 주지의 사실이다.

이는 라신 사후 라신의 작품을 출간하는 거의 모든 편집자들이 1697년, 즉 라신이 사망하기 2년 전에 작가가 직접 수정하여 새롭게 세상에 내놓은 라신 전집에 실린 이른바 최종본을 텍스트로 삼고 있으며, 이 최종본의 제목이 「페드르」로 되어 있기 때문이다. 작가가 살아 있는 한 그의 손에서 나온 작품들에 대한 작가의 권리가 오롯이 인정된다고 할 때, 작가가 심혈을 기울여 자신의 작품을 수정하고 재정비한 마지막 판본을 결정본으로 인정하는 것은 출판계의 오랜 관행이요, 많은 이들이 동의할 수 있는 타당한 선택임에 틀림없다. 다만 문제는 라신의 경우처럼 작품이 출간된 이후 시간 간격을 두고 여러 차례에 걸쳐 작가에 의해 직접 작품 수정이 이루어지고, 수정된 내용이 양적인 측면에서나 해석적인 측면에서나 무시할 수 없는 중요성을 지니고 있을 때에는, 마지막 결정본만을 접한 독자나 관객은 결과적으로 라신의 동시대인들이 듣고 보고 읽었던 것과는 상당히 다른 라신을 만날 가능성이 있다는 사실이다.

실제로 라신은 1674년 「이피제니」로 대성공을 거둔 이후, 프랑스 최고의 비극 작가라는 명성에 걸맞게 이듬해인 1675년 그때까지 출간된 자신의 작품들을 한데 묶어 첫 번째 〈전집〉을 발간했다. 뒤이어 1687년과 1697년에 각각 한 번씩 더 이전의 작품들을 전체적으로 손보는 한편 그간 새롭게 출간된 작품들을 거기에 추가하는 식으로 새로운 〈전집〉을 내놓았다. 거의 10년을 주기로 세 차례에 걸쳐 발간된 〈전집〉을 통해 라신은 매번 꼼꼼한 재검토로 맞춤법이나 문장부호와 같은 세세한 부분은 물론, 후일 라신의 작품 비평과 해석의 방향을 결정짓게 될 내용에 이르기까지 많은 부분을 고치고 다듬는 정성을 보였다. 예컨대 오늘날 라신의 비극이 숙명의 비극이라는 주장에 대한 근거로 빠짐없이 등장하는 「앙드로마크」의 저 유명한 오레스트의 대사 〈나는 나를 이끄는 운명에 맹목적으로 나를 내맡긴다 *Je me livre en aveugle au destin qui m'entraîne*〉가 1697년 라신의 마지막 〈전집〉이 나오기 전까지는 〈나는 나를 이끄는 사랑의 격정에 맹목적으로 나를 내맡긴다 *Je me livre en aveugle au transport qui m'entraîne*〉였다는 사실을 생각해 보면, 〈사랑의 격정〉이 〈운명〉으로 뒤바뀐 것이 단순한 단어의 교체만을 의미할 수는 없다는 것을 쉽게 파악할 수 있을 것이다.

특별히 여기서 우리의 논의의 대상이 되는 「페드르와 이폴리트」는 1677년 출간된 관계로 첫 번째 〈전집〉에서는 빠져 있었고, 1687년 두 번째 〈전집〉에서 처음으로 모습을 드러낸다. 라신의 세속 비극으로서는 마지막 작품이 된 「페드르와 이폴리트」는 이미 라신이 고전 비극의 거장으로서 최고의 권위를 지니고 있을 때 나온 것이기 때문에 1687년 〈전집〉에서 명사의 단수 복수 교체나 구두점 변경을 제외하면 크게 수정된 부분이 없는 것이 사실이다. 하지만 어찌 보면 간단하면서도 달리 보면 작품 전체의 해석 방향을 결정짓게 될 변화가 있었으니 그것이 바로 앞서 우리가 환기한 것처럼 작품의 제목을 「페드르와 이폴리트」에서 「페드르」로 변경한 것이다. 이러한 제목의 변경은 과연 무엇을 의미하는 것일까? 우리가 보기에 이는 글자 그대로 라신이 이 작품을 페드르와 이폴리트의 정념 이야기가 아니라 페드르의 정념으로 볼 것을 주문하는 신호로 보아야 마땅하다. 왜냐하면 페드르와 이폴리트라는 두 인물을 동시에 제시하는 제목은 작품의 내용과 상관없이 관객의 눈길을 두 사람의 관계 혹은 이폴리트에 대한 페드르의 사랑으로 이끌고 갈 가능성이 높은 반면, 작품의 제목을 페드르 단독으로 설정하게 되면 자연스레 페드르라는 인물과 그 인물이 숙명적인 정념에 맞서 대응하려다 결국 파멸에 이르게 되는 비극적 상황에 방점이 찍힐 수 있기 때문이다. 게다가 라신의 전작 비극들 중 첫 비극인 「라 테바이드」를 제외한 모든 작품이 다 주인공 한 명의 이름을 제목으로 삼고 있다는 점도 라신이 「페드르와 이폴리트」를 「페드르」로 변경한 것과 무관하지는 않을 듯하다. 〈전집〉이라는 것이 작가의 전 작품을 모아 놓은 것인 만큼 전 작품을 한눈에 보게 되면 제목에서부터 어떤 통일성을 유지하고 싶은 마음이 생길 수 있을 테니 말이다.

## 6

「페드르와 이폴리트」가 됐건 「페드르」가 됐건 이 작품이 라신의 생애나 작품의 수용 과정에서 여러 비평가들로부터 다른 작품보다 훨씬 더 많은 관심을 받았다는 데에는 의심의 여지가 없다. 특히 라신이 비극 작가로서의 명성과 권위가 절정에 달했던 상황에서 「페드르와 이폴리트」를 끝으로 파리 연극계를 떠났다는 사실은 이 작품에 일종의 신비로운 후광을 씌우는 결과를 낳았으며 여러 가지 추측과 논란의 진원지가 되는 데 기여하였다. 라신이 「페드르와 이폴리트」 이후에 더 이상 세속 비극을 쓰지 않은 이유는 무엇인가? 당대 프랑스 최고의 비극 작가로 군림하던 라신이 무슨 연유로 문학적 영광이 절정에 달한 시점에 갑작스레 연극계 은퇴를 선언하게 된 것일까? 이러한 문제에 대한 궁금증은 많은 비평가들과 전기 작가들로 하여금 대개의 경우 확실한 근거가 없는 이야기들을 양산하게 만들었고, 이는 다시 라신의 삶을 둘러싼 일종의 〈황금 전설légende d'or〉을 구축하는 토대가 되었다. 한마디로 「페드르와 이폴리트」는 이른바 라신의 전기적 혹은 비평적 신화 탄생의 중심에 놓이게 된 것이다. 여기서는 「페드르와 이폴리트」와 관련된 여러 논란들 가운데 「페드르와 이폴리트」 이후 라신의 연극계 은퇴설과 관련된 논란만을 간략히 짚어 보고자 한다.

라신이 1677년 「페드르와 이폴리트」를 끝으로 파리 연극계를 떠난 것은 주지의 사실이다. 그렇다고 해서 라신이 극작을 완전히 그만두었다고 말할 수는 없다. 왜냐하면 1689년과 1691년 성서에서 주제를 따온 그의 새 작품 「에스테르Esther」와 「아탈리Athalie」가 발표되었기 때문이다. 하지만 「페드르와 이폴리트」 이후 「에스테르」가 발표될 때까지 12년이라는 긴 침묵의 세월이 필요했고, 게다가 이 두 작품이 맹트농 부인Madame de Maintenon의 청에 따라 생시르Saint-Cyr 여학교의 학생들을 위해 집필된 것으로 파리 연극계를 겨냥한 일반적인 작품과는 그 태생이나 용도가 달랐다는 점을 감안한다면, 라신이 「페드르와 이폴리트」를 끝으로 연극계를 떠났다는 것은 부인할 수 없는 사실임에 분명하다. 그렇다면 그 스스로 작품 서문에서 자신이 쓴 가장 나은 비극이 아닌지 조심스레 묻고 있는 걸작 「페드르와 이폴리트」가 영광의 앞날을 기약해 주는 상황에서 왜 라신은 돌연 오랜 침묵에 돌입하게 된 것일까? 이것은 라신의 작품과 생애에 관심을 갖는 이라면 누구에게나 궁금증을 유발하는, 그러면서도 풀리지 않는 의문이 아닐 수 없다. 이에 대해 라신 사후에 출간된 작품집 가운데 제일 처음으로 라신의 생애에 대해 실었던 1722년 암스테르담 판본은 라신이 「페드르와 이폴리트」 이후 절필을 하게 된 사정을 세 가지 동기로 요약하고 있다. 첫 번째 이유는 라신이 어린 시절 교육을 받았던 포르루아얄의 옛 스승들마저도 감동시킨 「페드르와 이폴리트」라는 걸작 이후에 그것을 능가할 만한 작품을 써낼 자신이 없었다는 것이고, 두 번째 이유는 오랜 연인이었던 당대 최고 배우 샹멜레 양의 변심에 상처를 입었기 때문이라는 것이다. 그리고 마지막 이유로는 1677년 「페드르와 이폴리트」 이후 그가 동료 부알로Nicolas Boileau와 함께 루이 14세의 왕실 사료 편찬관으로 임명된 사실을 들고 있다. 역사적으로 증명이 된 세 번째 이유를 제외하고 나머지 두 가지 이유는 증명된 바 없는 억측에 가까운 것이었음에도 이런 해석은 1728년 파리에서 출간된 출판업자 동맹이 펴낸 라신 전집에 실린 후 1735년 졸리가 간행한 〈전집〉에까지 재수록되면서 프랑스에서도 정착되게 된다.

   라신의 두 아들, 루이Louis Racine와 장바티스트Jean-Baptiste Racine가 아버지 라신의 전기를 펴내야겠다고 생각한 것은 바로 이 시점의 일이었다. 그들이 보기에 자신의 아버지 라신에 대해 인구에 회자되는 이야기들은 근거 없는 추측일 뿐이며, 라신이 1677년 절필을 선언한 것은 그와는 전혀 다른 이유에서였기 때문이다. 그리하여 형이 사망한 후 1747년 출간한 장 라신의 생애에 관한 『회고록Mémoires』(1747)에서 루이 라신은 「페드르와 이폴리트」 이후 라신이 침묵한 이유를 이전의 주장들과는 전혀 다른 보다 강력하고 심오한 동기, 즉 「페드르와 이폴리트」 공연 후 라신의 마음속에서 〈돌연히〉 깨어난 종교적 감정, 이른바 종교적 개심에서 찾고 있다. 말하자면, 1677년 이전의 라신이 종교적인 의무를 망각하고 교회의 승인을 얻지 못한 연극계의 한복판에서 방탕한 생활을 했다면, 1677년 이후의 라신은 젊은 날의 열정에서 비롯된 잘못을 회개하고 신실한 신앙인으로서의 의무를 다하는 삶을 살았다는 것이다. 물론 루이 라신은 이와 같은 갑작스러운 삶의 태도 변화는 인간의 손을 벗어난 신의 역사에서 비롯된 것임을 강조하는 것도 잊지 않았다.

이처럼 라신이 연극계를 떠난 동기를 신의 의지가 개입된 종교적 개심으로 설명하게 되면 인간의 이성으로 판단했을 때 쉽게 이해되지 않는 라신의 삶의 변화가 충분히 수긍할 만한 것으로 여겨지게 된다. 더구나 루이 라신의 전기가 가족의 증언이라는 권위 덕분에 1750년경부터 몇몇 편집자들에 의해 발췌본 형태로 라신 작품집에 실리다가 1813년 프티토 판본을 필두로 오늘날 플레야드 판본에 이르기까지 아예 작품 전체가 라신 작품집 앞머리에 실리는 것이 관행이 되면서 「페드르와 이폴리트」 이후의 침묵에 관한 루이 라신의 설명은 그야말로 하나의 기정사실로 간주되어 온 것이 사실이다. 물론 루이 라신의 『회고록』 이래 지속적으로 변화와 발전을 거듭해온 라신의 이미지, 즉 1677년 종교적 개심을 거친 회개한 시인 라신이라는 이미지는 20세기에 들어서면서 역사적 사실이 아니라 하나의 허구적 진실 혹은 미화된 전설로 자리매김하게 된다. 하지만 20세기의 현대 비평가들조차도 라신이 1677년 종교적 개심이 됐든 내면적 갈등의 발로가 됐든 자기 의지에 따라 스스로 연극계를 떠났다는 매혹적인 가정을 완전히 포기하기는 어려웠던 듯하다. 많은 이들이 같은 시기에 그와 함께 왕실 사료 편찬관으로 임명되었던 부알로 역시 그 후로 수년간 저작 활동을 중단했다는 사실을 알면서도 굳이 라신과 부알로의 경우를 따로 구분하면서 유독 라신의 침묵에 대해서만 개인적, 심리적, 도덕적 이유를 덧붙이고자 한 것이 그 증거라고 하겠다. 그 결과 라신이 파리 연극계를 떠난 이유로 추정되는 것들 가운데 역사적으로 증명된 유일한 이유, 그러니까 라신의 왕실 사료 편찬관 임명이라는 사실은 후대의 전기 작가들에게조차 이미 은퇴 결심을 굳힌 라신에게 부차적인 역할을 한 것으로만 간주하게 되었다.

하지만 이 문제를 바라보는 라신 당대의 시각은 이와는 전혀 달랐음을 지적해야 할 필요가 있다. 라신이 왕실 사료 편찬관으로 임명된 1677년 당시의 기록들은 라신과 부알로가 작품 활동을 접게 된 이유를 한 치의 모호함도 없이 왕실 사료 편찬관 임명으로 적시하고 있다. 물론 라신의 경우, 당대 최고의 비극 작가가 더 이상 파리 연극계를 위해 글을 쓸 수 없다는 사실 앞에서 각자의 입장에 따라 아쉬움과 환호가 교차했겠지만 분명한 것은 왕의 부름을 받은 라신에게 선택의 여지가 없었다는 것이며, 라신 스스로도 여러 가지 특권이 부여됨과 동시에 사회적 신분 상승까지 가능하게 하는 왕실 사료 편찬관이라는 영예로운 임무를 마다할 이유가 없었다는 것이다. 달리 말하자면, 왕의 명령에 따라 왕실 사료 편찬관으로 임명된 라신이 문학적 재능을 왕과 국가를 위한 도구로 사용하기로 결정한 것은 파리 연극계나 후세의 독자들이 느끼는 아쉬움과 상관없이 너무나 마땅하고 당연한 일이었다는 얘기다. 자기 시대의 가장 위대한 시인이었다가 세상에서 가장 위대한 군주의 역사가가 된다는 것은 비유적으로 말하자면 아우구스투스Augustus 시대에 베르길리우스Vergilius였다가 페리클레스Pericles 시대의 투키디데스Thukydides가 되는 것과 같은 이치로 라신 이전의 어떤 작가도 누려 보지 못한 영광이 아닐 수 없다. 이렇게 볼 때, 1677년 라신의 사료 편찬관 임명이 루이 라신이 언급했던 것처럼 〈신의 은총〉이거나 하늘이 내린 선물이라면, 그것은 라신이 연극의 세속적 영광을 포기해서가 아니라 오히려 당대 궁중 사회 구성원들의 부러움과 시기를 한 몸에 받을 정도의 특권과 영예를 입었다는 점에서 그러하다고 할 수 있다.

# 7

라신은 1677년 「페드르와 이폴리트」를 끝으로 파리 연극계를 떠난 후 왕실 사료 편찬관이자 궁정 작가로서 철저하게 왕과 고관대작들의 요구에 부응하는 삶을 살았다. 충실한 왕실 사료 편찬관으로 잦은 전쟁을 치르는 루이 14세를 따라 전쟁터까지 다니면서 그의 업적을 기록하였고, 맹트농 부인의 청으로 성서 비극 두 편을 집필하였으며, 세느레 남작marquis de Seignelay의 청에 따라 륄리가 음악을 붙인 오페라 대본 「평화를 위한 전원시 Idylle sur la paix」를 쓰기도 하였다. 하지만 루이 14세의 최측근에서 왕을 보좌하면서 자신의 문학적 재능을 철저하게 왕과 왕실에 바치면서도 라신은 앞서 살펴보았듯이 이전에 자신이 세상에 내놓은 세속 비극들에 대해서도 관심의 끈을 놓지 않았고, 두 차례나 수정 보완된 〈전집〉을 발간함으로써 작가로서 작품에 대한 책임을 다하려고 노력하였다. 어디 그뿐인가. 말년에 이르러 비밀리에 왕이 이단으로 규정한 장세니즘의 본산지 포르루아얄의 역사를 담은 『포르루아얄 역사 개요 Abrégé de l'histoire de Port-Royal』를 집필하였고, 이는 라신 사후에 출판되어 빛을 보게 되었다.

어릴 적 조실부모하고 포르루아얄의 스승들 덕분에 훌륭한 교육을 받을 수 있었지만, 연극을 단죄하는 스승들의 가르침을 보란 듯이 배신하며 연극계에 발을 들이고 그곳에서 최고의 비극작가가 되었다가, 극작가로서의 인기와 명예의 절정을 누리는 순간 왕의 부름을 받고 기꺼이 왕실 사료 편찬관이자 궁정 작가가 되었던 라신. 20여 년의 시간 동안 왕을 위해 충심을 다해 역사를 기록하면서도 남몰래 포르루아얄의 역사를 집필하였고, 말년에 옛 스승들과의 화해를 이루어 내는 동시에 어떤 의미에서 진정한 개심을 하게 된 라신. 마지막으로 왕과 왕실을 위해 각고의 노력을 거쳐 방대한 양의 역사를 남겨 놓으며 성실한 왕실 사료 편찬관으로 기억되기를 바랬지만 사후에 후임자인 발랭쿠르 Valincourt의 집에서 발생한 화재로 그곳에 보관되어 있던 사료들이 모두 불에 타 소실됨으로써, 비극을 기꺼이 희생하고 자신의 문학적 재능을 바친 20년 사료 편찬관 작업의 흔적이 모두 지워져 버리는 운명의 아이러니를 경험한 라신까지. 라신의 삶은 이처럼 그 자체로 이미 어떤 하나의 이미지로 고착될 수 없는 복합적이고 다면적인 양상을 띠는 것이었다. 그의 작품 역시 여기서 예외가 될 수는 없다. 단지 「페드르와 이폴리트」한 작품만을 두고 보더라도 그것의 수용사 속에는 장세니스트 라신, 성자 라신, 천사 시인 라신과 더불어 비극의 화신 라신과 정념의 작가 라신은 물론 카멜레온 라신, 기회주의자 라신 등 서로 상반되기까지 한 많은 이미지들이 서로 포개어지고, 영향을 주면서 라신에 관한 담론의 층위를 두텁게 해온 것이 사실이다. 그 가운데 어떤 것이 진짜고 어떤 것이 거짓인지를 논하거나 아니면 이 작품을 이렇게 혹은 저렇게 읽어야 한다고 강론하는 것은 어쩌면 더 이상 큰 의미가 없는 일일지도 모르겠다. 왜냐하면 시공간을 뛰어넘어 지속적으로 다양한 이미지들을 만들어 내고 다양한 해석과 독서를 가능하게 하는 것이야말로 사후 3백 주년이 지난 지금까지도 자신의 건재를 과시하고 있는 고전 작가 라신의 위대함을 증명해 주는 것일 테니 말이다. 그러니 오늘 이 작품을 마주 대하고 있는 우리에게 주어진 과제 역시도 어딘가에 존재하는 작품 해석의 정답을 찾는 것이 아니라 텍스트 안에 노닐면서 자기 나름의 방식대로 느끼고 맛보는 것, 그럼으로써 이 작품이 고전임을 스스로 확인하는 일이 아닐까. 그런 마음으로 이 작품을 대한다면 3백 년 이상의 시간차와 고전 비극이라는 장르적 특성에서 비롯된 낯선 거리감과 두려움이 조금은 저만치로 물러날 수 있지 않을까.

# 8

 마지막으로 이 작품의 번역을 마치면서 느낀 소회를 간단히 언급하는 것으로 이 글을 마치고자 한다. 처음 〈열린책들〉로부터 이 작품의 번역을 의뢰받았을 때 마음속에 양가적인 감정이 자리를 잡았었음을 고백해야겠다. 한편으로는 라신 전공자로서 오랫동안 곁에 두고 보던 라신의 대표작을 직접 번역할 수 있는 기회가 주어진 것에 참으로 기쁘고 감사한 마음이 있었고, 다른 한편으로는 이 작품의 번역이 국내 초역이 아니라 이미 여러 번역판본이 나와 있는 데다 그들 각각이 나름대로의 번역 원칙에 따라 정성껏 번역된 작품들인데 거기에 또 다른 번역본 하나를 더하는 것이 무슨 의미가 있을까 하는 의구심이 들었다. 하지만 결국 이 작품을 번역하기로 결정한 것은 다음과 같은 생각이 머릿속에 떠올랐기 때문이다. 즉, 훌륭한 고전 작품의 경우 수많은 독서와 해석 행위가 가능하듯이 서로 다른 번역 역시 가능한 것이고, 오역이 아니라면 여러 가지 방식 혹은 스타일로 시도된 번역 작품들이 궁극적으로는 원작의 세계를 보다 넓고 깊게 만드는 데 기여하는 것은 아닐까? 물론 에드거 앨런 포Edgar Allan Poe를 프랑스어로 번역한 보들레르Charles Baudelaire나 괴테Johann Wolfgang von Goethe를 프랑스어로 번역한 네르발Gérard de Nerval처럼 번역가와 번역본이 원작자와 원작 텍스트만큼 아우라를 지니는 경우가 없는 것은 아니다. 하지만 어떤 번역이 번역으로서 결정본이 되지 못한다고 해서 번역으로서의 의미나 가치가 없다고 말할 수 있을까? 아마도 그렇지는 않을 것이다. 번역

역자 해설

가가 텍스트를 마주 대하고 괴로움과 기쁨을 동시에 느끼며 긴 긴 시간 고민한 흔적이 배어 있는 번역본이라면 어떤 번역이든 번역으로서의 존재 가치를 지닐 것이기 때문이다.

이런 믿음과 생각으로 번역을 시작하긴 했지만 번역 과정에서 마주친 어려움은 예상보다 컸다. 번역 과정 중에 기쁨의 순간을 맛보기도 했지만, 대개의 경우는 절망과 후회가 어우러진 고뇌의 순간을 보내야 했다. 짐작하겠지만, 고대 그리스·로마 시대의 이야기를 프랑스 작가가 12음절 알렉상드랭 시구로 표현한 고전 비극 「페드르와 이폴리트」는 번역에서 드러날 수 있는 여러 문제들을 보란 듯이 제시하는 텍스트이다. 예컨대 저자 손을 거친 판본이 세 개인 상황(1677 초판본, 1687 전집본, 1697 전집본)에서 어떤 판본을 선택할 것인지의 문제부터 시작해서, 작품 속에서 프랑스식으로 명기된 고대 그리스·로마의 인명과 지명을 어떻게 옮길 것인지, 라신의 텍스트 속에서는 분명 배우들의 발성과 관련해 사용된 것으로 보이는 구두점들을 어떻게 처리할 것인지, 시구를 맞추기 위해 도입된 수많은 도치들을 그대로 살려야 하는 것인지, 한국어와 프랑스어의 통사 구조 차이에서 비롯되는 문장 순서의 변화를 어떻게 옮겨 낼 것인지, 하물며 죽어 가는 와중에서도 쉴 새 없이 말을 쏟아 내는 주인공들의 대사를 어떤 톤으로, 어떤 어미를 사용해서 전달해야 할 것인지 등 해결해야 할 문제가 한둘이 아니었던 것이다. 그래서 이 번역본이 이런 문제들에 대해 어떤 정답 비슷한 답을 내놓았느냐 묻는다면 감히 그렇다고 대답할 자신은 없다. 다만 번역 과정에서 마주쳤던 이 문제들 앞에서 진지하게 고민했고, 각각의 문제에 대해 나름대로 일관성 있는 번역 원칙을 세워 번역 전체에 적용하려 애썼다는 사실만을 얘기할 수 있을 뿐이다.

번역은 단순히 한 언어를 다른 언어로, 한 문화를 다른 문화로 옮기는 과정만은 아닐 것이다. 번역이 번역으로서 완성되려면, 아마도 단어들이, 문장들이, 인물들이, 상황들이 유기적으로 연결된 구조물 속에 존재하는 어떤 리듬, 어떤 강도를 함께 옮겨 내는 데까지 이르러야 하는 것이 아닐까. 하물며 무대에서의 공연을 전제로 하는 희곡 텍스트의 경우에는 더 말할 나위가 없을 것이다. 고백컨대 「페드르와 이폴리트」를 번역하는 과정에서 내내 머릿속을 떠나지 않았던 생각은 직역 - 의역도, 충실성 - 가독성도, 자국화 - 이국화의 구분도 아니었다. 그것은 사랑이든 질투든 분노든 온몸을 휘감는 정념에 사로잡힌 주인공들 각자가 극이 진행되어 가면서 매 순간 느꼈어야 했을 감정의 강도를, 그 안에 내재하는 리듬과 호흡을 어떻게 하면 조금이라도 더 잘 전달할 수 있을까 하는 것이었다. 번역을 모두 끝낸 지금 만족스럽지는 않지만, 독자들이 이 번역을 따라가는 여정에서 가끔씩이라도 이렇게 역자가 고심한 흔적을 발견하고 고개를 끄덕거려 준다면 그보다 더 반갑고 고마운 일은 없겠다.

신정아

#  장 라신 연보

**1639년 출생**  프랑스 샹파뉴 지방의 소읍 라 페르테 밀롱에서 아버지 장 라신Jean Racine과 어머니 잔느 스코냉Jeanne Sconin 사이에서 아버지 이름을 그대로 물려받은 장남 장 라신Jean Racine이 태어남. 정확한 출생일은 기록에 남아 있지 않으나 12월 22일 라 페르테 밀롱에서 친조모 마리 데물랭Marie Desmoulins을 대모로, 외조부 피에르 스코냉Pierre Sconin을 대부로 세례를 받음. 어머니가 곧바로 둘째를 임신하는 바람에 갓난아이였던 라신은 바로 유모의 품에서 자라게 된 것으로 보임.

**1641년**  2세  동생 마리 라신Marie Racine 출산 직후 어머니가 사망함. 그 후 몇 개월간 고모 아네스 라신Agnès Racine이 어린 라신을 돌봄.

**1643년**  4세  아내의 사망 이후 재혼했던 아버지가 27세의 젊은 나이로 사망함. 이에 어린 라신은 친조부모의 손에, 동생 마리는 외조부모의 손에 각각 맡겨짐. 소금 창고 대리인이었던 아버지가 남긴 빚은 그의 보잘것없는 관직을 팔아도 갚을 수 없었기에, 아이들의 후견인들은 사망한 자의 관직 승계를 거부함.

**1649년**  10세  라신의 친조부 사망. 이후 라신의 친조모는 자신의 딸 아네스가 수녀로 있는 포르루아얄 데 샹Port-Royal des Champs 수도원에 들어가 잔일을 거들며 살게 됨. 이때 그녀가 돌보고 있던 어린 라신도 함께 수도원에 들어간 것으로 보임.

**1649~1653년**  10~14세  포르루아얄의 소학교Petites Écoles에서 후일 예

수회 신부들이 〈포르루아얄 헬레니스트 학파〉라고 부르게 될 스승들에게 무료 교육을 받음. 그곳에서 문법과 문학을 배우게 됨.

**1653년** 14세  소학교를 마친 라신은 포르루아얄과 밀접한 관계를 맺고 있던 보베의 중학교로 보내짐. 이곳에서 1655년까지 머무르면서 문학과 수사학 수업을 듣게 됨.

**1655년** 16세  보베의 중학교에서 철학 수업을 받지 않고, 포르루아얄로 다시 돌아옴.

**1656년** 17세  포르루아얄의 수장 앙투안 아르노Antoine Arnauld에 대한 검열이 시작되고, 장세니즘의 본산지인 포르루아얄에 대한 비판과 공격이 가속화됨. 그 과정에서 포르루아얄의 수사들과 학생들은 각지로 뿔뿔이 흩어지게 되었고, 고아였던 라신은 스승 아몽Hamon과 함께 포르루아얄에 남게 됨. 이 시기에 파리의 포르루아얄에 기거하던 파스칼Pascal의 여조카 마르그리트 페리에Marguerite Périer의 불치병이 완치되는 기적이 일어남. 파리 대주교가 포르루아얄의 기적을 공식적으로 인정하면서 포르루아얄에 대한 박해가 중지됨. 포르루아얄의 소학교는 정상을 되찾았고, 1660년 결정적으로 폐교될 때까지 활동을 계속하게 됨. 라신이 쓴 오드 「풍경 또는 포르루아얄 데 샹 산책Le Paysage ou Promenade de Port-Royal des Champs」과 라틴어로 쓰인 시들, 그리고 30년 후에 발표되는 「로마 성무일과서 번역 찬송가Hymnes traduites du Bréviaire romain」는 아마도 1656~1658년 동안에 쓰인 것으로 추측됨.

**1658년** 19세  라신은 파리의 아르쿠르 콜레주(오늘날의 루이 르그랑 고등학교)로 보내지고, 그곳에서 1년간 철학 혹은 논리학 수업을 받음.

**1659년** 20세  콜레주를 졸업한 라신은 그의 사촌인 니콜라 비타르Nicolas Vitart 덕분에 륀 공작duc de Luynes의 저택에서 집사직을 수행하게 되고 주인의 신임을 얻게 됨. 같은 해 24년간의 긴 전쟁 끝에 스페인에 대한 프랑스의 우위를 인정하는 피레네 조약이 체결되고, 라신은 피레네 지방의 평화에 관한 소네트를 써서 마자랭Jules Mazarin에게 보냈지만 소실됨.

**1660년** 21세  국왕 루이 14세가 생 장 드 뤼즈에서 스페인 공주 마리테레즈Marie-Thérèse와 결혼함. 같은 해 9월 마레 극장에서 라신의 첫 극 작품 「아마지Amasie」 공연이 불발됨. 마레 극장의 배우들은 지금은 소실되어 흔적을 찾을 수 없는 이 작품에 대해 처음에는 호의적인 반응을 보였지만 최종적으로 무대에 올리기를 거부한 것으로 보임. 이와 동시에 라신은 국왕의 결혼을 기회로 「센 강의 님프La Nymphe de la Seine」라는 제목의 오드를 작성하였고, 비타르가 이를 당대에 가장 강력한 영향력을 행사하던 비평가 장 샤플랭Jean Chapelain과 샤를 페로Charles Perrault에게 보여 줌. 라신은 이 비평가들의 충고에 따라 자신의 오드를 수정하였고, 몇 주 후에 출간됨. 어찌 보면 라신의 작가 경력의 시작이라고 할 수 있는 이 오드 출간으로 인해 포르루아얄과의 첫 번째 충돌이 시작됨.

**1661년** 22세  뤼 공작의 소유지였던 슈브뢰즈 성에 머물며 복원 작업을 감독함. 같은 해 6월 후일 소실된 「비너스의 목욕Les Bains de Vénus」이라는 신화적이고 갈랑한 시를 썼으며, 로마 시인 오비디우스Ovidius를 주인공으로 하는 새로운 극 작품을 계획하고 있다고 밝힘. 극의 상연을 위해 부르고뉴 극단과 접촉했으나 불발함에 따라 극작 계획도 취소됨. 점점 나빠지는 재정적 상황으로 인해 돈을 빌릴 처지에 놓임. 그해 10월 사제직을 얻을 심산으로 남프랑스의 위제스로 내려가 주교 총대리로 있는 스코냉 삼촌 곁에 머무름. 위제스 체류는 18개월간 지속됨. 그 기간 동안 행정적인 허가가 내려지지 않아 성직자가 되기 위한 삭발례를 치를 수 없었지만 사제직 지원자로서 엄격한 생활 태도를 지켜야 했음. 그러나 그 와중에도 라퐁텐Jean de La Fontaine을 비롯한 파리의 지인들과 지속적으로 서신 왕래를 했으며, 다양한 종류의 책들을 탐독하고, 많은 시학 관련 책들을 읽음.

**1662년** 23세  위제스 교구의 복잡한 사정으로 인해 라신이 기대하던 사제직을 얻을 기회가 점차 멀어짐을 깨닫게 됨.

**1663년** 24세  별다른 성과 없이 위제스에서 파리로 돌아와 다시 샤플랭의 보호 아래 놓이게 됨. 왕의 쾌유를 기원하는 「왕의 쾌유에 관한 오드Ode sur la convalescence du Roi」를 발표하여 이목을 끈 라신은 지신의 강력한 보호자들 덕분에 8월부터 국왕이 하사하는 연금 수혜자 명단에 이름을 올리게 되고 6백 리브르의 연금을 받게 됨. 같은 해 10월 연금 수혜에 대한 감사의 뜻으로 「뮤즈에게 바치는 명성La Renommée aux Muses」이라는 새로운 오드를 써서 왕의 최측근 귀족 중 한 명이었던 생태냥 백작comte de Saint-Aignan에게 바침. 그 덕분에 11월 말 왕의 〈기상 의식〉에 참석하는 특혜를 누림. 같은 시기 비극 「라 테바이드La Thébaïde」 완성.

**1664년** [25세]  6월 20일 라신의 첫 비극 「라 테바이드」가 몰리에르 극단에 의해 팔레 루아얄 극장에서 공연됨. 관객의 반응은 대단치 않았음. 10월 30일 생태냥 백작에게 바치는 헌사와 함께 출간됨.

**1665년** [26세]  12월 4일 팔레루아얄 극장에서 라신의 두 번째 비극 「알렉상드르 르 그랑Alexandre le Grand」 초연됨. 매우 큰 성공을 거두게 되자 라신은 곧 몰리에르를 배신하고, 당대의 관행을 거스르며 동일한 작품을 경쟁 극단인 부르고뉴 극장에 넘김. 부르고뉴 극단은 12월 14일 이 작품을 왕 앞에서 상연한 데 이어 12월 18일 파리에서 무대에 올림. 그로 인해 팔레루아얄 극장의 수입은 바닥을 치게 되었고, 몰리에르와는 완전히 등을 돌리게 됨.

**1666년** [27세]  1월 국왕 루이 14세에게 바치는 헌사와 함께 「알렉상드르 르 그랑」 출간됨. 이 시기에 이른바 〈상상자 논쟁〉이 발발함. 즉, 포르루아얄의 옛 스승 중 한 명인 피에르 니콜Pierre Nicole이 소설가이자 극작가인 데마레 드 생소를랭Desmarets de Saint-Sorlin과 교리 논쟁을 펼치면서 1665년 말경, 즉 「알렉상드르 르 그랑」이 큰 사랑을 받고 있을 당시 극작가들이 관객에게 미치는 나쁜 영향을 우연히 비판한 바 있는데, 라신이 이에 대해 니콜과 포르루아얄을 조롱하는 비판의 편지를 발표한 것. 이 편지는 사교계에서 큰 성공을 거두었고, 동시에 라신의 옛 스승들에게 상처를 입힘. 이에 포르루아얄을 옹호하는 이들이 라신의 글에 대해 답하자, 라신은 두 번째 편지를 작성하였지만 최종적으로 출간은 포기함. 같은 해 5월 스코냉 신부의 관할 하에 있는 앙제 교구의 생트페트로니 드 레피네의 사제직을 얻게 됨. 이는 다소 늦은 감은 있지만 위제스에서 체류해 얻은 가장 확실한 결과임.

**1667년** [28세]  3월 몰리에르 극단을 대표하던 여배우 마르키즈 뒤 파르크 Marquise Du Parc가 부르고뉴 극장으로 자리를 옮김. 마르키즈 뒤 파르크가 이때 당시 이미 라신의 연인이었는지는 알 수 없음. 4월 〈상상자 논쟁〉이 재개됨. 니콜의 편지들이 출간되면서 그 서문에 명시적으로 이름이 언급되지는 않았지만 자신에 대한 비난이 있음을 알아본 라신은 즉각적으로 공격적인 어조의 서문을 써서 앞서 발표되지 않았던 두 번째 편지까지 포함해 출간할 계획을 세움. 하지만 논쟁을 계속함으로써 잃을 것이 더 많다고 판단한 라신은 결국 아무것도 출간하지 않기로 결정함. 11월 7일 국왕이 참석한 조정에서 「앙드로마크Andromaque」가 초연되어 큰 환호를 받음. 이어 며칠 후 파리의 극장에서 무대에 오른 이 작품은 그야말로 대성공을 거둠. 여주인공 역할은 마르키즈 뒤 파르크가 맡음. 12월 유명 배우 몽플뢰리가 오레스트의 역할을 너무나 격정적으로 연기하다 과로로 사망함. 이것이 작품의 성공에 더 큰 아우라를 덧씌우는 결과를 가져옴.

**1668년** [29세] 당시 궁중에서 가장 영향력 있던 앙리에트 당글르테르Henriette d'Angleterre에게 바치는 헌사와 함께 「앙드로마크」 출간. 11월 부르고뉴 극장에서 라신의 유일한 희극 작품인 「소송광들Les Plaideurs」 상연. 처음에 관객들의 관심을 끌지 못했던 이 작품은 베르사유 궁에서 성공적으로 공연된 후에 파리에서 인기를 끌게 됨. 12월 향년 35세의 나이로 마르키즈 뒤 파르크가 사망함. 그녀의 사망 원인은 명확히 밝혀지지 않았지만 사산 혹은 낙태로 인한 것으로 추정됨. 아이의 아빠는 정확히 모르지만 라신 혹은 슈발리에 드 장리Chevalier de Genlis 중 한 명으로 알려짐. 당시 라신이 라이벌에 대해 보였던 질투로 인해 1679년 궁중에서 〈독극물 사건〉이 발발했을 때 라신 역시 뒤 파르크를 독살했다는 의심을 받게 됨.

**1669년** [30세] 「소송광들」 출간. 12월 13일 부르고뉴 극장에서 「브리타니퀴스Britannicus」 초연. 작품에 대한 칭찬과 함께 비판도 많았음. 특히 당시 건재했던 코르네유는 이 작품에 대한 비난을 공개적으로 표명한 듯 보임. 이 작품이 인정을 받기 위해서는 시간이 필요했음.

**1670년** [31세] 슈브뢰즈 공작duc de Chevreuse에 대한 헌사와 함께 「브리타니퀴스」 출간. 서문에서 코르네유를 격렬하게 비판함. 배우 샹멜레 양Mlle de Champmeslé과 그녀의 남편이 부르고뉴 극장에서 첫 무대를 가짐. 샹멜레 양이 에르미온 역을 맡음. 라신과 그녀의 연인 관계가 언제부터 시작되었는지는 알 수 없음. 11월 21일 부르고뉴 극장에서 「베레니스Bérénice」 초연됨. 일주일 후 몰리에르가 팔레 루아얄 극장에서 코르네유의 「티트와 베레니스Tite et Bérénice」를 무대에 올림. 샹멜레 양이 주연을 맡은 라신의 비극은 코르네유의 극에 대해 압도적인 승리를 거둠.

**1671년** 32세  재상 콜베르Jean-Baptiste Colbert에게 바치는 헌사와 함께 「베레니스」 출간.

**1672년** 33세  1월 5일 부르고뉴 극장에서 「바자제Bajazet」가 초연되어 대성공을 거둠. 2월 20일 「바자제」가 헌사 없이 출간됨. 이는 라신이 더 이상 권력가에 대한 헌사를 쓰지 않아도 될 정도의 지위에 올랐음을 보여 줌. 12월 5일 아카데미 프랑세즈 회원으로 선출됨. 12월 18일 「미트리다트」 초연됨. 이듬해 2월 말까지 공연될 정도로 엄청난 성공을 거둠.

**1673년** 34세  1월 12일 라신이 아카데미 프랑세즈에서 입회 연설을 함. 3월 16일 「미트리다트Mithridate」 출간.

**1674년** 35세  8월 18일 프랑슈-콩테 지방 정복을 축하하기 위해 베르사유 궁전에서 벌어진 축제의 일환으로 「이피제니Iphigénie」 초연. 10월 27일 관직 구매를 통해 귀족 작위를 공식적으로 인정받게 됨. 12월 말 파리 부르고뉴 극장에서 관객들의 열렬한 반응 속에 「이피제니」 무대에 오름.

**1675년** 36세  「이피제니」 출간. 기존의 작품들을 다시 수정하고 보완한 형태로 라신의 첫 번째 〈전집〉이 이듬해 초까지 두 권으로 발간됨. 작가가 생존 중에 〈전집〉을 발행하는 것은 그의 작가로서의 위상을 반영하는 것이라 볼 수 있음.

**1677년** 38세  1월 1일 부르고뉴 극장에서 「페드르와 이폴리트」 초연. 이 작품은 1687년 두 번째 〈전집〉부터 「페드르」로 불리게 됨. 1월 3일 게네고 극장에서 프라동의 동명 작품 「페드르와 이폴리트」가 공연됨으로써 두 작품이 경쟁 양상을 보이는 동시에, 각자의 비호 세력까지 개입되어 일종의 당파 싸움으로 번짐. 3월 11일 「페드르와 이폴리트」 출간. 6월 1일 카트린 드 로마네Catherine de Romanet와 결혼함. 향후 두 사람 사이에서 아들 둘과 딸 다섯이 태어남. 당시 25세였던 카트린 드 로마네는 라신과 비슷한 수준의 재산을 보유했으며, 라신보다 훨씬 오래전부터 귀족 작위를 얻은 집안 출신이었음. 라신 측에서는 니콜라 비타르와 부알로Nicolas Boileau가 증인으로 나

섬. 라신이 언제 샹멜레 양과의 관계를 정리했는지는 모름. 그것도 자기 의지에 따라 헤어진 것인지, 아니면 당대 호사가들의 이야기처럼 샹멜레 양의 새로운 연인인 클레르몽 토네르Clermont-Tonnerre로 인해 어쩔 수 없이 그런 것인지도 알 수 없음. 9월 부알로와 함께 루이 14세의 왕실 사료 편찬관으로 임명됨. 이로 인해 일체의 문학적 활동을 포기하게 됨. 한편 기존의 연금에 2천 에퀴의 연금을 추가로 받게 됨.

**1678년** <sup>39세</sup> 벨기에의 도시 강Gand을 함락하는 전투에 왕을 수행함. 11월 11일 장남 장바티스트Jean-Baptiste 세례 받음.

**1679년** <sup>40세</sup> 11월 당시 파리 시교계를 발칵 뒤집어 놓은 〈독극물 사건〉에 연루됨. 1668년 질투에 미쳐 마르키즈 뒤 파르크를 독살했다는 의심을 받음.

**1680년** <sup>41세</sup> 1월 〈독극물 사건〉에서 독살 혐의를 벗게 됨. 5월 17일 라신의 둘째 아이 마리카트린Marie-Catherine 세례 받음.

**1681년** <sup>42세</sup> 10월 부알로와 함께 왕을 따라 스트라스부르에 화려하게 입성함.

**1682년** <sup>43세</sup> 7월 29일 라신의 세 번째 아이 안느Anne 세례 받음.

**1683년** <sup>44세</sup> 카니발을 위해 라신과 부알로가 소규모 오페라를 썼으나 출간되지는 않음. 라신은 플라톤Platon의 『향연Symposion』 3분의 1을 번역함. 연말에 부알로와 함께 금석학 아카데미 회원이 됨.

**1684년** <sup>45세</sup> 라신의 넷째 아이 엘리자베스Elisabeth 세례 받음. 연말 부알로와 함께 집필한 「국왕의 정복에 관한 역사적 찬사Eloge historique du Roi sur ses conquêtes」가 나옴.

**1685년** <sup>46세</sup> 토마 코르네유Thomas Corneille의 아카데미 프랑세즈 입회식을 빌어 라신은 작고한 피에르 코르네유Pierre Corneille에 대한 찬사를 담은 연설을 함. 7월 16일 세뉴레 남작marquis de Seignelay의 요구에 따라 「평화에 관한 전원시Idylle sur la paix」의 가사를 썼고, 이는 륄리Jean-Baptiste Lully의 음악에 맞추어 소Sceaux 성의 오렌지 정원에서 공연됨.

**1686년** ⁴⁷세  11월 29일 라신의 다섯째 아이 프랑수아즈Françoise 세례 받음.

**1687년** ⁴⁸세  4월 15일 라신의 두 번째 〈전집〉 출간. 이전의 전집과 비교해 「페드르」, 「평화에 관한 전원시」, 토마 코르네유 입회식 연설이 새로이 추가되었고, 그 밖에 상당량의 수정도 이루어짐. 5월 루이 14세를 따라 뤽상부르 요새 감독 길에 나섬.

**1688년** ⁴⁹세  라신의 여섯째 아이 마들렌Madeleine 세례 받음.

**1689년** ⁵⁰세  1월 26일 생시르Saint-Cyr 여학교 학생들을 위한 멩트농 부인Mme de Maintenon의 요구에 따라 집필한 성서 비극 「에스테르Esther」가 왕과 소규모 궁중 대신들 앞에서 생시르 여학교 학생들의 연기로 무대에 올라 큰 성공을 거둠. 노래로 불린 부분의 음악은 모로Moreau가 담당함. 2월 말부터 또 다른 작품을 준비하라는 명에 따라 새로운 성서 비극 「아탈리Athalie」를 구상함.

**1690년** ⁵¹세  1월 「아탈리」가 축제 기간에 맞추어 준비되지 못한 관계로 또다시 「에스테르」가 생시르 여학교에서 다섯 차례 공연됨. 생시르 학생들은 3월부터 「아탈리」의 노래 부분을 먼저 연습하고, 7월부터 작품 전체 연습에 들어감. 라신의 고모인 아녜스 드 생드테클Agnès de Sainte-Thècle 수녀가 포르부아얄 데 샹의 수도원장으로 선출됨. 12월 12일 라신은 왕의 궁중 대신 귀족 작위를 받게 됨.

**1691년** ⁵²세  1월 5일 생시르에서 왕과 소수의 초대 손님 앞에서 첫 번째 「아탈리」 공개 리허설이 거행됨. 역시 소수의 관중 앞에서 이루어진 두 번의 리허설 이후에도 이 작품은 여러 가지 이유로 인해 의상, 장식, 무대, 오케스트라와 함께 공연되지 못함. 3~4월 사이 몽스 포위 공격에 국왕을 수행함.

**1692년** ⁵³세  5~6월 사이 나뮈르 요새 공격에 국왕을 동반하여 감. 11월 2일 라신의 막내아들 루이Louis 세례 받음. 라신은 몇 달 전부터 마레 가의 저택(현재 비스콘티 가 24번지)으로 거처를 옮겨 사망할 때까지 그곳에서 지냄.

**1693년** ⁵⁴세  5~6월 초 사이 국왕을 따라 마지막으로 네덜란드 전투에 참가함. 6월 15일 라브뤼예르La Bruyère가 아카데미 프랑세즈 입회 연설을 하면서 코르네유와 라신을 비교하고, 라신을 코르네유보다 높이 평가하는 일이 벌어짐. 다수의 아카데미 회원들이 이에 격분하여 이 연설문이 인쇄될 때 이 부분을 삭제할 것을 요구함. 라신은 보쉬에Jacques Bénigne Bossuet를 통해 그들을 협박하고 왕에게 청원을 하여 텍스트 수정 없이 출간되도록 함. 11월 2일 루이 14세는 라신에게 그의 궁중 대신 귀족 작위를 장남에게 세습할 수 있는 권리를 부여함.

**1694년** 55세 멩트농 부인의 청에 따라 「영혼을 위한 성가Cantiques spirituels」를 씀. 그중 세 편은 모로에 의해, 나머지 한 편은 드라랑드Delalande에 의해 곡이 붙여짐.

**1695년** 56세 6월 20일 루이 14세가 라신에게 베르사유 성에 거처를 마련해 줌. 라신 사후 출판될 『포르루아얄 역사 개요Abrégé de l'histoire de Port-Royal』 집필 시작.

**1696년** 57세 9월 4일 몸이 아픈 루이 14세가 공식적 작위를 지닌 두 명의 독서관이 있음에도 불구하고 라신에게 플루타르코스가 쓴 알렉산더의 일생을 읽어 줄 것을 요구함.

**1697년** 58세 세 번째이자 마지막 〈전집〉 출간. 「에스테르」, 「아탈리」, 「영혼을 위한 성가」가 새롭게 추가되었으며 여전히 적지 않은 수정이 가해짐. 이는 라신이 공식적으로 작가로서의 삶을 살지 않았음에도 여전히 자기 작품들에 대한 애착과 책임을 가지고 있었음을 증명하는 예라고 할 수 있음. 10월에 왕이 포르루아얄 데 샹의 수도 서원 수련생 모집을 허락할 것이라는 소문이 돌자 장녀 마리 카트린을 그리로 보냄.

**1698년** 59세 포르루아얄의 수도 서원 수련생 모집은 여전히 재개되지 않았고, 그 와중에 장세니스트라는 비판을 받게 되자 라신은 자신의 딸을 포르루아얄에서 다시 데려오고 자신에 대한 공격을 방어하는 편지를 씀. 점차 신앙이 독실해지고 건강이 악화되면서 궁중의 화려한 생활을 피해 반 은퇴 상태에 돌입하게 됨. 10월 10일 새롭게 유언장을 작성함. 유언장에서 사망 후 포르루아얄 수도원 묘지, 그중에서도 옛 스승 중 한 명인 아몽의 무덤 옆에 묻어 줄 것을 부탁함.

**1699년** ⁶⁰세 4월 21일 새벽 3~4시 마레 지구의 자택에서 사망함. 사망 원인은 간암으로 추정됨. 그의 시신은 유언에서 바랐던 대로 루이 14세의 허가를 받아 포르루아얄에 안치됨.

열린책들 세계문학 210 **페드르와 이폴리트**

**옮긴이 신정아**  한국외국어대학교와 동 대학원 프랑스어과를 졸업하고 파리 통번역학교 (ESIT) 번역부를 졸업했다. 파리 3대학에서 「17~18세기 라신과 그 작품 수용에 관한 사회 시학적 연구」로 문학 박사 학위를 받았다. 한국외국어대학교 프랑스어과 교수로 재직 중이 며, 2012년 캐나다 몬트리올대학교 언어번역학과 초청 교수로 연구 활동을 했다. 저서로는 『바로크』(2004), 『노랑 신호등』(2012, 공저)이 있으며, 『에로티즘』(2006), 『프랑스 연극 미 학』(2007, 공역), 『번역가의 초상 – 남성 번역가 편』(2009) 등을 번역했다.

**지은이** 장 라신  **옮긴이** 신정아  **발행인** 홍지웅·홍예빈
**발행처** 주식회사 열린책들  **주소** 경기도 파주시 문발로 253 파주출판도시
**전화** 031-955-4000  **팩스** 031-955-4004  **홈페이지** www.openbooks.co.kr
Copyright (C) 주식회사 열린책들, 2013, *Printed in Korea.*
**ISBN** 978-89-329-1210-3 04860  **ISBN** 978-89-329-1499-2 (세트)
**발행일** 2013년 2월 15일 세계문학판 1쇄 2020년 5월 10일 세계문학판 3쇄

이 도서의 국립중앙도서관 출판예정도서목록(CIP)은 서지정보유통지원시스템 홈페이지(http://seoji.nl.go.kr)와 국가자료공동목록시스템(http://www.nl.go.kr/kolisnet)에서 이용하실 수 있습니다.(CIP제어번호:CIP2013000499)

# 열린책들 세계문학
## Open Books World Literature

001 **죄와 벌**  표도르 도스또예프스끼 장편소설 | 홍대화 옮김 | 전2권 | 각 408, 512면

003 **최초의 인간**  알베르 카뮈 장편소설 | 김화영 옮김 | 392면

004 **소설**  제임스 미치너 장편소설 | 윤희기 옮김 | 전2권 | 각 280, 368면

006 **개를 데리고 다니는 부인**  안똔 체호프 소설선집 | 오종우 옮김 | 368면

007 **우주 만화**  이탈로 칼비노 단편집 | 김운찬 옮김 | 416면

008 **댈러웨이 부인**  버지니아 울프 장편소설 | 최애리 옮김 | 296면

009 **어머니**  막심 고리끼 장편소설 | 최윤락 옮김 | 544면

010 **변신**  프란츠 카프카 중단편집 | 홍성광 옮김 | 464면

011 **전도서에 바치는 장미**  로저 젤라즈니 중단편집 | 김상훈 옮김 | 432면

012 **대위의 딸**  알렉산드르 뿌쉬낀 장편소설 | 석영중 옮김 | 240면

013 **바다의 침묵**  베르코르 소설선집 | 이상해 옮김 | 256면

014 **원수들, 사랑 이야기**  아이작 싱어 장편소설 | 김진준 옮김 | 320면

015 **백치**  표도르 도스또예프스끼 장편소설 | 김근식 옮김 | 전2권 | 각 504, 528면

017 **1984년**  조지 오웰 장편소설 | 박경서 옮김 | 392면

018 **수용소군도**  알렉산드르 솔제니찐 기록문학 | 김학수 옮김 | 464면

019 **이상한 나라의 앨리스**  루이스 캐럴 환상동화 | 머빈 피크 그림 | 최용준 옮김 | 336면

020 **베네치아에서의 죽음**  토마스 만 중단편집 | 홍성광 옮김 | 432면

021 **그리스인 조르바**  니코스 카잔차키스 장편소설 | 이윤기 옮김 | 488면

022 **벚꽃 동산**  안똔 체호프 희곡선집 | 오종우 옮김 | 336면

023 **연애 소설 읽는 노인**  루이스 세풀베다 장편소설 | 정창 옮김 | 192면

024 **젊은 사자들**  어윈 쇼 장편소설 | 정영문 옮김 | 전2권 | 각 416, 408면

026 **젊은 베르테르의 슬픔**  요한 볼프강 폰 괴테 장편소설 | 김인순 옮김 | 240면

027 **시라노**  에드몽 로스탕 희곡 | 이상해 옮김 | 256면

028 **전망 좋은 방**  E. M. 포스터 장편소설 | 고정아 옮김 | 352면

029 **까라마조프 씨네 형제들**  표도르 도스또예프스끼 장편소설 | 이대우 옮김 | 전3권 | 각 496, 496, 460면

032 **프랑스 중위의 여자**  존 파울즈 장편소설 | 김석희 옮김 | 전2권 | 각 344면

034 **소립자**  미셸 우엘벡 장편소설 | 이세욱 옮김 | 448면

035 **영혼의 자서전**  니코스 카잔차키스 자서전 | 안정효 옮김 | 전2권 | 각 352, 408면

037 **우리들**  예브게니 자먀찐 장편소설 | 석영중 옮김 | 320면

038 **뉴욕 3부작**  폴 오스터 장편소설 | 황보석 옮김 | 480면

039 **닥터 지바고**  보리스 빠스쩨르나끄 장편소설 | 박형규 옮김 | 전2권 | 각 400, 512면

041 **고리오 영감**  오노레 드 발자크 장편소설 | 임희근 옮김 | 456면

042 **뿌리**  알렉스 헤일리 장편소설 | 안정효 옮김 | 전2권 | 각 400, 448면

044 **백년보다 긴 하루**  친기즈 아이뜨마또프 장편소설 | 황보석 옮김 | 560면

045 **최후의 세계**  크리스토프 란스마이어 장편소설 | 장희권 옮김 | 264면

046 **추운 나라에서 돌아온 스파이**  존 르카레 장편소설 | 김석희 옮김 | 368면

047 **산도칸 ― 몸프라쳄의 호랑이**  에밀리오 살가리 장편소설 | 유향란 옮김 | 428면

048 **기적의 시대**  보리슬라프 페키치 장편소설 | 이윤기 옮김 | 560면

049 **그리고 죽음**  짐 크레이스 장편소설 | 김석희 옮김 | 224면

050 **세설**  다니자키 준이치로 장편소설 | 송태욱 옮김 | 전2권 | 각 480면

052 **세상이 끝날 때까지 아직 10억 년**  스뜨루가쯔끼 형제 장편소설 | 석영중 옮김 | 224면

053 **동물 농장**  조지 오웰 장편소설 | 박경서 옮김 | 208면

054 **캉디드 혹은 낙관주의**  볼테르 장편소설 | 이봉지 옮김 | 232면

055 **도적 떼**  프리드리히 폰 실러 희곡 | 김인순 옮김 | 264면

056 **플로베르의 앵무새**  줄리언 반스 장편소설 | 신재실 옮김 | 320면

057 **악령**  표도르 도스또예프스끼 장편소설 | 박혜경 옮김 | 전3권 | 각 328, 408, 528면

060 **의심스러운 싸움**  존 스타인벡 장편소설 | 윤희기 옮김 | 340면

061 **몽유병자들**  헤르만 브로흐 장편소설 | 김경연 옮김 | 전2권 | 각 568, 544면

063 **몰타의 매**  대실 해밋 장편소설 | 고정아 옮김 | 304면

064 **마야꼬프스끼 선집**  블라지미르 마야꼬프스끼 선집 | 석영중 옮김 | 384면

065 **드라큘라**  브램 스토커 장편소설 | 이세욱 옮김 | 전2권 | 각 340, 344면

067 **서부 전선 이상 없다**  에리히 마리아 레마르크 장편소설 | 홍성광 옮김 | 336면

068 **적과 흑**  스탕달 장편소설 | 임미경 옮김 | 전2권 | 각 432, 368면

070 **지상에서 영원으로**  제임스 존스 장편소설 | 이종인 옮김 | 전3권 | 각 396, 380, 496면

073 **파우스트**  요한 볼프강 폰 괴테 희곡 | 김인순 옮김 | 568면

074 **쾌걸 조로**  존스턴 매컬리 장편소설 | 김훈 옮김 | 316면

075 **거장과 마르가리따**  미하일 불가꼬프 장편소설 | 홍대화 옮김 | 전2권 | 각 364, 328면

077 **순수의 시대**  이디스 워튼 장편소설 | 고정아 옮김 | 448면

078 검의 대가 아르투로 페레스 레베르테 장편소설 | 김수진 옮김 | 384면

079 예브게니 오네긴 알렉산드르 뿌쉬낀 운문소설 | 석영중 옮김 | 328면

080 장미의 이름 움베르토 에코 장편소설 | 이윤기 옮김 | 전2권 | 각 440, 448면

082 향수 파트리크 쥐스킨트 장편소설 | 강명순 옮김 | 384면

083 여자를 안다는 것 아모스 오즈 장편소설 | 최창모 옮김 | 280면

084 나는 고양이로소이다 나쓰메 소세키 장편소설 | 김난주 옮김 | 544면

085 웃는 남자 빅토르 위고 장편소설 | 이형식 옮김 | 전2권 | 각 472, 496면

087 아웃 오브 아프리카 카렌 블릭센 장편소설 | 민승남 옮김 | 480면

088 무엇을 할 것인가 니꼴라이 체르니셰프스끼 장편소설 | 서정록 옮김 | 전2권 | 각 360, 404면

090 도나 플로르와 그녀의 두 남편 조르지 아마두 장편소설 | 오숙은 옮김 | 전2권 | 각 408, 308면

092 미사고의 숲 로버트 홀드스톡 장편소설 | 김상훈 옮김 | 424면

093 신곡 단테 알리기에리 장편서사시 | 김운찬 옮김 | 전3권 | 각 292, 296, 328면

096 교수 샬럿 브론테 장편소설 | 배미영 옮김 | 368면

097 노름꾼 표도르 도스또예프스끼 장편소설 | 이재필 옮김 | 320면

098 하워즈 엔드 E. M. 포스터 장편소설 | 고정아 옮김 | 512면

099 최후의 유혹 니코스 카잔차키스 장편소설 | 안정효 옮김 | 전2권 | 각 408면

101 키리냐가 마이크 레스닉 장편소설 | 최용준 옮김 | 464면

102 바스커빌가의 개 아서 코넌 도일 장편소설 | 소영학 옮김 | 264면

103 버마 시절 조지 오웰 장편소설 | 박경서 옮김 | 408면

104 10 1/2장으로 쓴 세계 역사 줄리언 반스 장편소설 | 신재실 옮김 | 464면

105 죽음의 집의 기록 표도르 도스또예프스끼 장편소설 | 이덕형 옮김 | 528면

106 소유 앤토니어 수전 바이어트 장편소설 | 윤희기 옮김 | 전2권 | 각 440, 488면

108 미성년 표도르 도스또예프스끼 장편소설 | 이상룡 옮김 | 전2권 | 각 512, 544면

110 성 앙투안느의 유혹 귀스타브 플로베르 희곡소설 | 김용은 옮김 | 584면

111 밤으로의 긴 여로 유진 오닐 희곡 | 강유나 옮김 | 240면

112 마법사 존 파울즈 장편소설 | 정영문 옮김 | 전2권 | 각 512, 552면

114 스쩨빤치꼬보 마을 사람들 표도르 도스또예프스끼 장편소설 | 변현태 옮김 | 416면

115 플랑드르 거장의 그림 아르투로 페레스 레베르테 장편소설 | 정창 옮김 | 512면

116 분신 표도르 도스또예프스끼 장편소설 | 석영중 옮김 | 288면

117 가난한 사람들 표도르 도스또예프스끼 장편소설 | 석영중 옮김 | 256면

118 인형의 집 헨리크 입센 희곡 | 김창화 옮김 | 272면

119 **영원한 남편**  표도르 도스또예프스끼 장편소설 | 정명자 외 옮김 | 448면
120 **알코올**  기욤 아폴리네르 시집 | 황현산 옮김 | 352면
121 **지하로부터의 수기**  표도르 도스또예프스끼 장편소설 | 계동준 옮김 | 256면
122 **어느 작가의 오후**  페터 한트케 중편소설 | 홍성광 옮김 | 160면
123 **아저씨의 꿈**  표도르 도스또예프스끼 장편소설 | 박종소 옮김 | 312면
124 **네또치까 네즈바노바**  표도르 도스또예프스끼 장편소설 | 박재만 옮김 | 316면
125 **곤두박질**  마이클 프레인 장편소설 | 최용준 옮김 | 528면
126 **백야 외**  표도르 도스또예프스끼 소설선집 | 석영중 외 옮김 | 408면
127 **살라미나의 병사들**  하비에르 세르카스 장편소설 | 김창민 옮김 | 304면
128 **뻬쩨르부르그 연대기 외**  표도르 도스또예프스끼 소설선집 | 이항재 옮김 | 296면
129 **상처받은 사람들**  표도르 도스또예프스끼 장편소설 | 윤우섭 옮김 | 전2권 | 각 296, 342면
131 **악어 외**  표도르 도스또예프스끼 소설선집 | 박혜경 외 옮김 | 312면
132 **허클베리 핀의 모험**  마크 트웨인 장편소설 | 윤교찬 옮김 | 416면
133 **부활**  레프 똘스또이 장편소설 | 이대우 옮김 | 전2권 | 각 308, 416면
135 **보물섬**  로버트 루이스 스티븐슨 장편소설 | 머빈 피크 그림 | 최용준 옮김 | 360면
136 **천일야화**  앙투안 갈랑 엮음 | 임호경 옮김 | 전6권 | 각 336, 328, 372, 392, 344, 320면
142 **아버지와 아들**  이반 뚜르게네프 장편소설 | 이상원 옮김 | 328면
143 **오만과 편견**  제인 오스틴 장편소설 | 원유경 옮김 | 480면
144 **천로 역정**  존 버니언 우화소설 | 이동일 옮김 | 432면
145 **대주교에게 죽음이 오다**  윌라 캐더 장편소설 | 윤명옥 옮김 | 352면
146 **권력과 영광**  그레이엄 그린 장편소설 | 김연수 옮김 | 384면
147 **80일간의 세계 일주**  쥘 베른 장편소설 | 고정아 옮김 | 352면
148 **바람과 함께 사라지다**  마거릿 미첼 장편소설 | 안정효 옮김 | 전3권 | 각 616, 640, 640면
151 **기탄잘리**  라빈드라나트 타고르 시집 | 장경렬 옮김 | 224면
152 **도리언 그레이의 초상**  오스카 와일드 장편소설 | 윤희기 옮김 | 384면
153 **레우코와의 대화**  체사레 파베세 희곡소설 | 김운찬 옮김 | 280면
154 **햄릿**  윌리엄 셰익스피어 희곡 | 박우수 옮김 | 256면
155 **맥베스**  윌리엄 셰익스피어 희곡 | 권오숙 옮김 | 176면
156 **아들과 연인**  데이비드 허버트 로런스 장편소설 | 최희섭 옮김 | 전2권 | 각 464, 432면
158 **그리고 아무 말도 하지 않았다**  하인리히 뵐 장편소설 | 홍성광 옮김 | 272면
159 **미덕의 불운**  싸드 장편소설 | 이형식 옮김 | 248면

- 160 **프랑켄슈타인**  메리 W. 셸리 장편소설 | 오숙은 옮김 | 320면
- 161 **위대한 개츠비**  프랜시스 스콧 피츠제럴드 장편소설 | 한애경 옮김 | 280면
- 162 **아Q정전**  루쉰 중단편집 | 김태성 옮김 | 320면
- 163 **로빈슨 크루소**  대니얼 디포 장편소설 | 류경희 옮김 | 456면
- 164 **타임머신**  허버트 조지 웰스 소설선집 | 김석희 옮김 | 304면
- 165 **제인 에어**  샬럿 브론테 장편소설 | 이미선 옮김 | 전2권 | 각 392, 384면
- 167 **풀잎**  월트 휘트먼 시집 | 허현숙 옮김 | 280면
- 168 **표류자들의 집**  기예르모 로살레스 장편소설 | 최유정 옮김 | 216면
- 169 **배빗**  싱클레어 루이스 장편소설 | 이종인 옮김 | 520면
- 170 **이토록 긴 편지**  마리아마 바 장편소설 | 백선희 옮김 | 192면
- 171 **느릅나무 아래 욕망**  유진 오닐 희곡 | 손동호 옮김 | 168면
- 172 **이방인**  알베르 카뮈 장편소설 | 김예령 옮김 | 208면
- 173 **미라마르**  나기브 마푸즈 장편소설 | 허진 옮김 | 288면
- 174 **지킬 박사와 하이드 씨**  로버트 루이스 스티븐슨 소설선집 | 조영학 옮김 | 320면
- 175 **루진**  이반 뚜르게네프 장편소설 | 이항재 옮김 | 264면
- 176 **피그말리온**  조지 버나드 쇼 희곡 | 김소임 옮김 | 256면
- 177 **목로주점**  에밀 졸라 장편소설 | 유기환 옮김 | 전2권 | 각 336면
- 179 **엠마**  제인 오스틴 장편소설 | 이미애 옮김 | 전2권 | 각 336, 360면
- 181 **비숍 살인 사건**  S. S. 밴 다인 장편소설 | 최인자 옮김 | 464면
- 182 **우신예찬**  에라스무스 풍자문 | 김남우 옮김 | 296면
- 183 **하자르 사전**  밀로라드 파비치 장편소설 | 신현철 옮김 | 488면
- 184 **테스**  토머스 하디 장편소설 | 김문숙 옮김 | 전2권 | 각 392, 336면
- 186 **투명 인간**  허버트 조지 웰스 장편소설 | 김석희 옮김 | 288면
- 187 **93년**  빅토르 위고 장편소설 | 이형식 옮김 | 전2권 | 각 288, 360면
- 189 **젊은 예술가의 초상**  제임스 조이스 장편소설 | 성은애 옮김 | 384면
- 190 **소네트집**  윌리엄 셰익스피어 연작시집 | 박우수 옮김 | 200면
- 191 **메뚜기의 날**  너새니얼 웨스트 장편소설 | 김진준 옮김 | 280면
- 192 **나사의 회전**  헨리 제임스 중편소설 | 이승은 옮김 | 256면
- 193 **오셀로**  윌리엄 셰익스피어 희곡 | 권오숙 옮김 | 216면
- 194 **소송**  프란츠 카프카 장편소설 | 김재혁 옮김 | 376면
- 195 **나의 안토니아**  윌라 캐더 장편소설 | 전경자 옮김 | 368면

196 **자성록** 마르쿠스 아우렐리우스 명상록 | 박민수 옮김 | 240면
197 **오레스테이아** 아이스킬로스 비극 | 두행숙 옮김 | 336면
198 **노인과 바다** 어니스트 헤밍웨이 소설선집 | 이종인 옮김 | 320면
199 **무기여 잘 있거라** 어니스트 헤밍웨이 장편소설 | 이종인 옮김 | 464면
200 **서푼짜리 오페라** 베르톨트 브레히트 희곡선집 | 이은희 옮김 | 320면
201 **리어 왕** 윌리엄 셰익스피어 희곡 | 박우수 옮김 | 224면
202 **주홍 글자** 너대니얼 호손 장편소설 | 곽영미 옮김 | 360면
203 **모히칸족의 최후** 제임스 페니모어 쿠퍼 장편소설 | 이나경 옮김 | 512면
204 **곤충 극장** 카렐 차페크 희곡선집 | 김선형 옮김 | 360면
205 **누구를 위하여 종은 울리나** 어니스트 헤밍웨이 장편소설 | 이종인 옮김 | 전2권 | 각 416, 400면
207 **타르튀프** 몰리에르 희곡선집 | 신은영 옮김 | 416면
208 **유토피아** 토머스 모어 소설 | 전경자 옮김 | 288면
209 **인간과 초인** 조지 버나드 쇼 희곡 | 이후지 옮김 | 320면
210 **페드르와 이폴리트** 장 라신 희곡 | 신정아 옮김 | 200면
211 **말테의 수기** 라이너 마리아 릴케 장편소설 | 안문영 옮김 | 320면
212 **등대로** 버지니아 울프 장편소설 | 최애리 옮김 | 328면
213 **개의 심장** 미하일 불가코프 중편소설집 | 정연호 옮김 | 352면
214 **모비 딕** 허먼 멜빌 장편소설 | 강수정 옮김 | 전2권 | 각 464, 488면
216 **더블린 사람들** 제임스 조이스 단편소설집 | 이강훈 옮김 | 336면
217 **마의 산** 토마스 만 장편소설 | 윤순식 옮김 | 전3권 | 각 496, 488, 512면
220 **비극의 탄생** 프리드리히 니체 | 김남우 옮김 | 320면
221 **위대한 유산** 찰스 디킨스 장편소설 | 류경희 옮김 | 전2권 | 각 432, 448면
223 **사람은 무엇으로 사는가** 레프 톨스토이 소설선집 | 윤새라 옮김 | 464면
224 **자살 클럽** 로버트 루이스 스티븐슨 소설선집 | 임종기 옮김 | 272면
225 **채털리 부인의 연인** 데이비드 허버트 로런스 장편소설 | 이미선 옮김 | 전2권 | 각 336, 328면
227 **데미안** 헤르만 헤세 장편소설 | 김인순 옮김 | 264면
228 **두이노의 비가** 라이너 마리아 릴케 시 선집 | 손재준 옮김 | 504면
229 **페스트** 알베르 카뮈 장편소설 | 최윤주 옮김 | 432면
230 **여인의 초상** 헨리 제임스 장편소설 | 정상준 옮김 | 전2권 | 각 520, 544면
232 **성** 프란츠 카프카 장편소설 | 이재황 옮김 | 560면
233 **차라투스트라는 이렇게 말했다** 프리드리히 니체 산문시 | 김인순 옮김 | 464면

234 **노래의 책** 하인리히 하이네 시집 | 이재영 옮김 | 384면

235 **변신 이야기** 오비디우스 서사시 | 이종인 옮김 | 632면

236 **안나 까레니나** 레프 똘스또이 장편소설 | 이명현 옮김 | 전2권 | 각 800, 736면

238 **이반 일리치의 죽음·광인의 수기** 레프 똘스또이 중단편집 | 석영중·정지원 옮김 | 232면

239 **수레바퀴 아래서** 헤르만 헤세 장편소설 | 강명순 옮김 | 272면

240 **피터 팬** J. M. 배리 장편소설 | 최용준 옮김 | 272면

241 **정글 북** 러디어드 키플링 중단편집 | 오숙은 옮김 | 272면

242 **한여름 밤의 꿈** 윌리엄 셰익스피어 희곡 | 박우수 옮김 | 160면

243 **좁은 문** 앙드레 지드 장편소설 | 김화영 옮김 | 264면

244 **모리스** E. M. 포스터 장편소설 | 고정아 옮김 | 408면

245 **브라운 신부의 순진** 길버트 키스 체스터턴 단편집 | 이상원 옮김 | 336면

246 **각성** 케이트 쇼팽 장편소설 | 한애경 옮김 | 272면

247 **뷔히너 전집** 게오르크 뷔히너 지음 | 박종대 옮김 | 400면

248 **디미트리오스의 가면** 에릭 앰블러 장편소설 | 최용준 옮김 | 424면

249 **베르가모의 페스트 외** 옌스 페테르 야콥센 중단편 전집 | 박종대 옮김 | 208면

250 **폭풍우** 윌리엄 셰익스피어 희곡 | 박우수 옮김 | 176면

각 권 8,800~15,800원

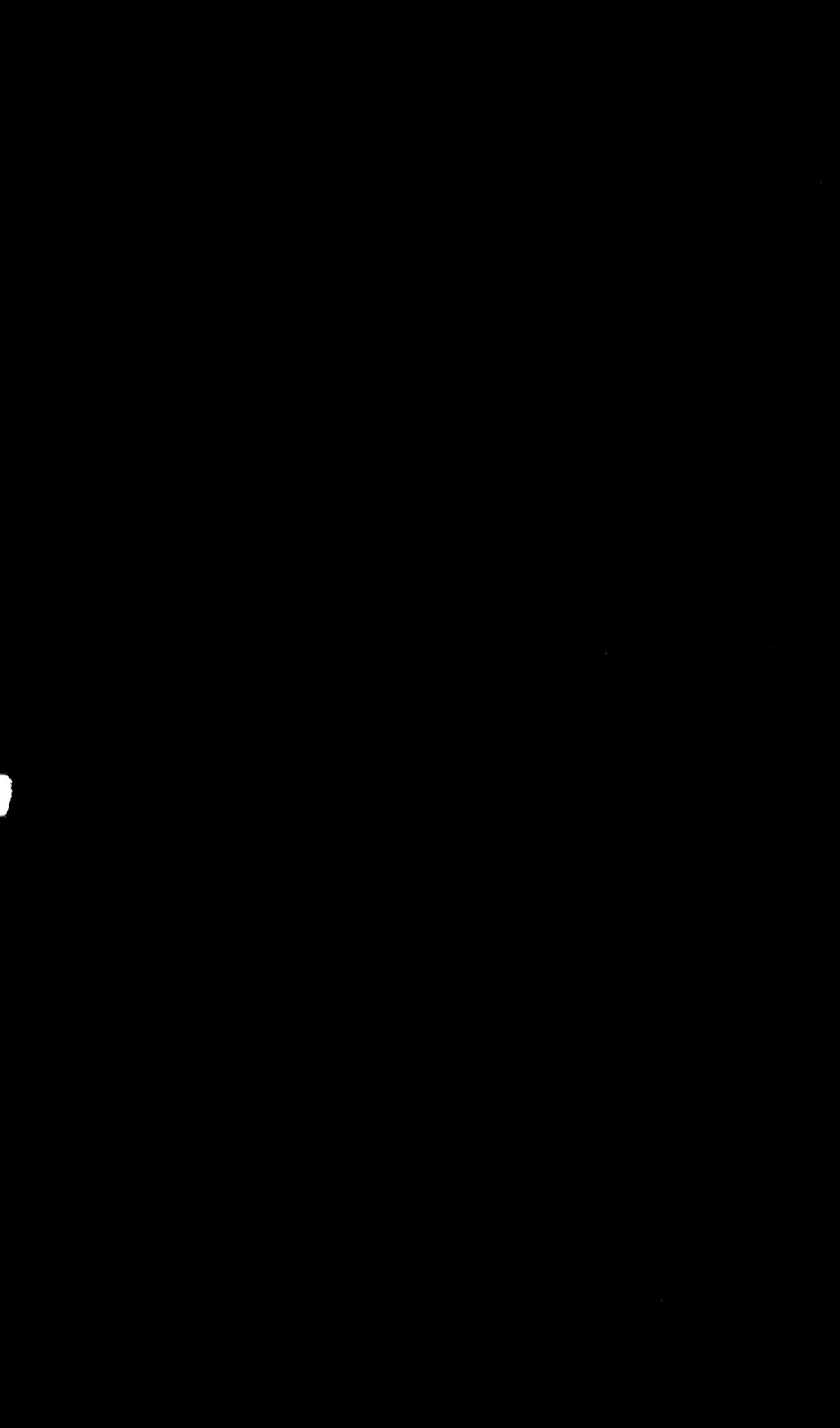